Sinfonía inacabada

Nora Roberts es una de las escritoras estadounidenses de mayor éxito en la actualidad. Cada novela que publica encabeza rápidamente los primeros puestos en las listas de best sellers de Estados Unidos y del Reino Unido; más de cuatrocientos millones de ejemplares impresos en el mundo avalan su maestría. Sus últimas obras publicadas en España son el dúo de novelas *Polos opuestos* y *Atrapada*, la tetralogía Cuatro bodas (*Álbum de boda*, *Rosas sin espinas*, *Sabor a ti* y *Para siempre*), la trilogía Hotel Boonsboro (*Siempre hay un mañana*, *El primer y último amor* y *La esperanza perfecta*), *La testigo*, *La casa de la playa*, la trilogía de los O'Dwyer (formada por *Bruja Oscura*, *Hechizo en la niebla* y *Legado mágico*), *El coleccionista* y *La mentira*. Actualmente, Nora Roberts reside en Maryland con su marido.

Para más información, visite la página web de la autora:
www.noraroberts.com

NORA ROBERTS

Sinfonía inacabada

Printed in Spain – Impreso en España

Depósito legal: B-18496-2018
ISBN: 978-84-663-8321-9

Impreso en Black Print CPI

R 2 7 0 9 3 3

Penguin
Random House
Grupo Editorial

Para Laura Sparrow… los viejos amigos son los mejores

I

«¿Qué estoy haciendo aquí?».

Mientras conducía por la calle principal, Vanessa no hacía más que darle vueltas a la misma pregunta. El tranquilo pueblo de Hyattown había cambiado muy poco en doce años. Aún seguía incrustado entre las laderas de las Blue Mountains de Maryland, rodeado por onduladas tierras de labor y espesos bosques. Los huertos de manzanas y las vacas lecheras llegaban hasta los mismos límites del pueblo y, en el interior del mismo, no había semáforos ni edificios de oficinas ni el bullicio del tráfico.

Allí sólo había casas robustas y muy antiguas, jardines sin vallar, niños jugando y coladas ondeando al viento. Vanessa pensó, con alivio y sorpresa a la vez, que todo estaba tal y como ella lo había dejado. Las aceras seguían llenas de grietas y de baches, el hormigón socavado por las raíces de los centenarios robles que, en aquellos momentos, estaban empezando a cubrirse de hojas. La forsythia derramaba sus flores amarillas por los muros y las azaleas exhibían la promesa de un colorido que aún estaba por venir. Los crocus, mensajeros de la primera, se habían visto eclipsados por los narcisos y los tulipanes tempranos. Igual que había ocurrido en la infancia de Vanessa, los habitantes de Hyattown seguían ocupándose del césped y de las plantas de sus jardines los sábados por la tarde.

Algunos levantaron la mirada, probablemente sorprendidos al ver que pasaba ante ellos un coche que no les resultaba familiar. De vez en cuando, alguien saludaba con la mano, aunque no porque la reconociera sino tan sólo por costumbre. A continuación, seguía ocupándose de sus plantas o cortando el césped. A través de la ventana abierta de su vehículo, Vanessa captó el aroma de la hierba recién cortada, de los jacintos, de la tierra cavada. Oyó el zumbido de los motores de las máquinas cortacésped, el ladrido de un perro y los gritos y las risas de los niños jugando.

Había dos hombres sentados delante del banco, ataviados con gorras de jardinero, camisas de cuadros y pantalones de trabajo, que estaban charlando. Un grupo de chicos subía por la cuesta de la calle montados sobre sus bicicletas, probablemente de camino a la tienda de Lester para comprar golosinas o bebidas frías. Ella había subido por aquella cuesta cientos de veces con el mismo destino. «Hace cien años», pensó. Entonces, sintió la ya demasiado familiar punzada en el estómago.

«¿Qué estoy haciendo aquí?», volvió a decirse mientras sacaba una caja de antiácidos del bolso. Al contrario que el pueblo, ella sí que había cambiado. A veces, casi no se reconocía.

Quería creer que estaba haciendo lo correcto. Regresaba, aunque no estaba segura de que lo hiciera a su hogar. No sabía si aquél seguía siendo su hogar... o si ella misma quería que lo fuera.

Acababa de cumplir los dieciséis años cuando se marchó de allí... cuando su padre la arrancó de aquellas tranquilas calles para embarcarla en una vorágine de ciudades, ensayos y actuaciones. Nueva York, Chicago, Los Ángeles, Londres, París, Bonn, Madrid... Había sido muy emocionante, una montaña rusa de vistas, sonidos y, sobre todo, música.

A la edad de veinte años, gracias al empuje de su padre y a su propio talento, se había convertido en una de las pianistas más jóvenes y de más éxito del país. Había ganado el prestigioso concurso Van Cliburn a la tierna edad de dieciocho años frente a competidores que eran diez años mayor que ella. Había tocado para la realeza y había cenado con los presidentes de muchos países. Se había centrado exclusivamente en su carrera y se había forjado una reputación como una artista brillante y temperamental. La atractiva y apasionada Vanessa Sexton.

En aquellos momentos, a la edad de veintiocho años, regresaba al hogar de su infancia, a la madre que no había visto desde hacía doce años.

Cuando aparcó el coche, el ardor que sintió en el estómago le resultó tan familiar que casi no lo notó. Como el resto del pueblo, la casa de su infancia estaba prácticamente igual que cuando se marchó. Los robustos ladrillos habían envejecido bien y las contraventanas mostraban una capa reciente de pintura de un cálido y profundo color azul. A lo largo del muro de piedra que se erguía por encima de la acera, había unos espesos arbustos de peonias que tardarían al menos otro mes en florecer. Los capullos de las azaleas se agrupaban a lo largo de la casa.

Vanessa permaneció sentada, asiendo con fuerza el volante y enfrentándose a una desesperada necesidad de volver a arrancar el motor, de marcharse de allí. Ya se había dejado llevar demasiado por los impulsos. Se había comprado un Mercedes descapotable y había realizado su última actuación tras rechazar docenas de compromisos. Todo dejándose llevar por sus impulsos. A lo largo de su vida adulta, todo su tiempo había estado organizado meticulosamente. A pesar de que era una mujer impulsiva por naturaleza, había aprendido la importancia de llevar una existencia ordenada. Regresar allí, reabrir viejas heridas y despertar los recuerdos no formaba parte de aquel orden.

Sin embargo, si se daba la vuelta en aquel momento, si salía huyendo, no conseguiría nunca las respuestas para sus preguntas, preguntas que ni siquiera ella comprendía.

Decidió no darse más tiempo para pensar y salió del coche para sacar sus maletas. Si se sentía incómoda no tenía por qué quedarse. Era libre para ir adonde quisiera. Era una mujer adulta, que había viajado mucho y que contaba con seguridad económica. Su hogar, si decidía tener uno, podía estar en cualquier lugar del mundo. Desde la muerte de su padre, que había ocurrido seis meses antes, no tenía atadura alguna.

No obstante, había decidido ir allí y era allí donde

tenía que estar... al menos hasta que obtuviera respuestas a sus preguntas.

Cruzó la acera y subió los cinco escalones de hormigón. A pesar de la fuerza con la que le latía el corazón, cuadró los hombros. Su padre nunca había permitido que llevara los hombros caídos. La presentación de una misma era tan importante como la presentación de la música. Con la barbilla erguida y los hombros rectos se dirigió hacia la casa.

Cuando la puerta se abrió, se detuvo, como si tuviera los pies arraigados al suelo. Inmóvil, contempló cómo su madre salía al porche.

Docenas de imágenes le acudieron al pensamiento. Recordó su primer día de colegio, cuando subió llena de orgullo aquellos mismos escalones para ver que su madre la esperaba en la puerta. La ocasión en que se cayó de la bicicleta y se acercó cojeando a la casa para que su madre le limpiara los arañazos e hiciera desaparecer el dolor con un beso. Cuando bailó de alegría en el porche después de su primer beso. Su madre, con la intuición femenina reflejada en los ojos, esforzándose por no hacer ninguna pregunta...

Entonces, se acordó de la última vez que estuvo allí. En aquella ocasión, se alejaba de la casa en vez de dirigirse a ella y su madre no estaba en el porche para despedirse de ella.

–Vanessa...

Loretta Sexton la observaba retorciéndose las manos. El cabello castaño oscuro no se le había teñido de gris. Era más corto de lo que Vanessa lo recordaba y flotaba alrededor de un rostro que mostraba muy pocas arrugas. Un rostro más redondo, con facciones más suaves que las que Vanessa recordaba. En cierto modo, parecía más menuda. No estaba encorvada, pero parecía más compacta, más en forma, más joven. Vanessa recordó a su padre. Delgado, demasiado delgado, pálido y viejo.

Loretta quiso echar a correr hacia su hija, pero no pudo. La mujer que había frente a la casa no era la niña que había perdido y a la que tanto había echado de menos. «Se parece a mí», pensó, tratando de contener las lágrimas. «Más fuerte, más segura, pero tan parecida a mí...».

Vannesa se armó de valor, como había hecho cientos de veces antes de salir a un escenario, y siguió andando hacia la casa, subió los escalones de madera y se colocó delante de su madre. Casi eran igual de altas. Aquello fue algo que las sobresaltó. Sus ojos, del mismo tono verdoso, se miraron fijamente.

Estaban de pie, a pocos centímetros de distancia, pero no se abrazaron.

–Te agradezco mucho que me hayas dejado venir –dijo Vanessa. Odiaba la tensión que notaba en su propia voz.

–Aquí siempre eres bienvenida –respondió Loretta, tras aclararse la garganta–. Sentí mucho lo de tu padre.

–Gracias. Me alegra ver que tienes buen aspecto.

–Yo... –susurró Loretta. ¿Qué podía decir que borrara la amargura de doce años perdidos?–. ¿Había... había mucho tráfico en la carretera?

–No, al menos después de salir de Washington. Ha sido un viaje muy agradable.

–A pesar de todo, debes de estar muy cansada. Entra y siéntate.

Cuando siguió a su madre al interior de la casa, Vanessa se dio cuenta de que su madre había cambiado la decoración. Las habitaciones eran mucho más luminosas de lo que recordaba. El imponente hogar de su niñez había sido acogedor, pero el formal y oscuro papel pintando se había visto reemplazado por colores pastel. Se había retirado la moqueta para dejar al descubierto suelos de madera de pino que se veían decorados por coloridas alfombras. Había antigüedades, muy bien restauradas, y se respiraba el aroma de las flores frescas. Comprendió que era el hogar de una mujer. De una mujer con recursos y buen gusto.

–Probablemente te gustaría subir para deshacer la maleta –dijo Loretta deteniéndose frente a las escaleras–. A menos que tengas hambre...

–No, no tengo hambre.

Loretta asintió levemente y comenzó a subir las escaleras.

–Pensé que te gustaría disponer de tu antiguo dormitorio, aunque lo he decorado un poco.

–Ya lo veo.

–Sigues teniendo la vista del jardín trasero.

–Estoy segura de que estará muy bien.

Loretta abrió una puerta y Vanessa la siguió hacia el interior de la habitación.

No había muñecas ni peluches. No había pósters, ni diplomas ni certificados colgados de las paredes. Había desaparecido la estrecha cama sobre la que ella había soñado de niña, al igual que el escritorio sobre el que ella tanto había sufrido al estudiar los verbos franceses y la geometría. Ya no era el dormitorio de una niña, sino el de un invitado.

Las paredes estaban pintadas de color marfil. De las ventanas colgaban unas hermosas cortinas de flores. Había una cama con dosel, cubierta con un edredón color pastel y mullidas almohadas. Sobre un elegante escritorio había un jarrón de cristal con unas fragantes frisias. El aroma de las flores secas fluía por la estancia desde la cómoda.

Loretta, que se sentía muy nerviosa, recorrió la habitación para estirar el edredón y retirar un poco de polvo imaginario de la cómoda.

–Espero que te sientas cómoda aquí. Si necesitas algo, sólo tienes que pedírmelo.

Vanessa se sintió como si se fuera a alojar en un elegante y exclusivo hotel.

–Es una habitación preciosa. Estaré bien, muchas gracias.

–Bien –dijo Loretta. Se había agarrado de nuevo las manos. Ansiaba tanto tocar, abrazar...–. ¿Te gustaría que te ayudara a deshacer la maleta?

–No –replicó Vanessa, tratando de esbozar una sonrisa–. Puedo hacerlo yo sola.

–Muy bien. El cuarto de baño está...

–Lo recuerdo.

Loretta no supo qué decir. Con un gesto de indefensión, empezó a mirar por la ventana.

–Por supuesto. Si deseas algo, estaré abajo –replicó. Entonces, se dejó llevar al fin por la necesidad y enmarcó el rostro de Vanessa con las manos–. Bienvenida a casa.

Con eso, se marchó rápidamente y cerró la puerta a sus espaldas.

Cuando se encontró sola, Vanessa se sentó sobre la cama. Los músculos del estómago le ardían, como si tuviera cuerdas anudadas en su interior. Se apretó la mano sobre el abdomen y estudió la habitación que una vez había sido la suya. ¿Cómo era posible que el pueblo hubiera cambiado tan poco y que aquel dormitorio, su dormitorio, fuera tan diferente? Tal vez ocurría lo mismo con la gente. Podría ser que tuvieran un aspecto parecido, pero que, en el interior, le fueran ya completamente desconocidos.

Como ella misma.

¿Era ella diferente de la niña que había vivido una vez en aquella casa? ¿Se reconocería? ¿Querría hacerlo?

Se levantó para colocarse delante del espejo que había en un rincón. El rostro y las formas eran familiares. Se examinaba cuidadosamente antes de cada concierto para asegurarse de que su apariencia fuera perfecta. Era lo que se esperaba de ella. Solía llevar el cabello bien peinado, recogido sobre la cabeza o en la nuca, pero nunca suelto. Cuando salía al escenario, siempre iba maquillada, aunque no demasiado. Su atuendo era sutil y elegante. Aquella era la imagen de Vanessa Sexton.

En aquellos momentos, tenía el cabello algo revuelto por el viento, pero no había nadie allí para juzgarla o verla. Era del mismo tono castaño oscuro que el de su madre, aunque más largo. Le rozaba suavemente los hombros y podía emitir reflejos del tono del fuego con la luz del sol o brillar suavemente con la de la luna. Los ojos parecían estar algo fatigados, pero aquello no era inusual. Aquella mañana había tenido especial cuidado con el maquillaje, para que sus marcados pómulos y sus labios mostraran un sutil color. Iba vestida con un traje de color rosa, con chaqueta entallada y falda con vuelo. La cinturilla le quedaba un poco suelta, pero últimamente su apetito no había sido demasiado bueno.

«Todo esto sigue siendo tan sólo imagen», pensó. La de una mujer adulta y segura de sí misma. Deseó poder volver atrás el tiempo para poder verse cuando sólo tenía dieciséis años, llena de esperanza a pesar de la tensión que llenaba la casa. Llena de sueños y de música.

Con un suspiro, se dio la vuelta y comenzó a deshacer la maleta.

Cuando era niña, le había parecido de lo más natural utilizar su habitación como su santuario. Después de colocar la ropa por tercera vez, Vanessa se recordó que ya no era una niña. ¿Acaso no había regresado para encontrar el vínculo que había perdido con su madre? Si se quedaba a solas en aquella habitación, no podría hallarlo.

Mientras bajaba las escaleras, escuchó una radio que sonaba en la parte trasera de la casa. Desde la cocina. Su madre siempre había preferido la música popular a la clásica, algo que siempre había irritado al padre de Vanessa. En aquellos momentos sonaba una vieja balada de Elvis Presley, profunda y solitaria. Se dirigió hacia el lugar desde el que provenía el sonido y se detuvo en la puerta de lo que siempre había sido el cuarto de música.

El viejo piano de cola había desaparecido, al igual que el enorme y pesado aparador que contenía montones de partituras de música. En su lugar había unas sillas pequeñas, de aspecto frágil, con cojines de punto de cruz. En un rincón, había una hermosa camarera para el té, sobre la cual destacaba un jarrón con una frondosa planta verde. De las paredes colgaban acuarelas enmarcadas en estrechos marcos y había un sofá de estilo victoriano delante de las ventanas.

Todo ello, se había colocado alrededor de una hermosa y exquisita espineta realizada en palisandro. Vanessa se acercó inmediatamente y, muy suavemente, tan sólo para sí misma, tocó los primeros acordes de una pieza de Chopin. Sonó tan mecánicamente que comprendió que el piano era nuevo. ¿Lo habría comprado su madre después de recibir la carta en la que su hija le decía que iba a regresar? ¿Sería un gesto, un intento, por tender un puente sobre aquellos doce años perdidos?

Mientras se frotaba las sienes en un intento desesperado por frenar los inicios de un dolor de cabeza, Vanessa pensó que no podía ser tan sencillo. Las dos lo sabían. Le dio la espalda al piano y se dirigió a la cocina.

Encontró allí a Loretta, terminando de preparar una ensalada que había colocado sobre un delicado bol verde claro. A su madre siempre le habían gustado los objetos hermosos, frágiles y delicados. Eso se demostraba en los mantelillos de encaje, en el azucarero rosa, en la colección de objetos de cristal que tenía sobre una estantería. Había abierto la ventana y una fragante brisa de primavera hacía ondear las cortinas sobre el fregadero.

Cuando se dio la vuelta, Vanessa comprobó que tenía los ojos enrojecidos. A pesar de todo sonrió y habló con voz clara.

–Sé que me habías dicho que no tenías hambre, pero pensé que te apetecería tomar un poco de ensalada y un té helado.

–Gracias –respondió Vanessa, con una sonrisa–. La casa está preciosa. En cierto modo, parece mayor. Yo siempre había oído que las cosas encogían a medida que una iba creciendo.

Loretta apagó la radio. Vanessa lamentó el gesto, ya que significaba que dependían de ellas mismas para llenar el silencio.

–Antes había demasiados colores oscuros –le dijo Loretta–. Y demasiados muebles muy pesados. A veces, me sentía como si los muebles fueran a rebelarse contra mí y me fueran a echar de una habitación... No obstante, guardé algunas de las piezas, las que pertenecían a tu abuela. Están en el desván. Pensé que tal vez tú las quisieras.

–Tal vez algún día –replicó Vanessa, porque le resultó más fácil. Tomó asiento mientras su madre servía la colorida ensalada–. ¿Qué has hecho con el piano?

–Lo vendí –contestó Loretta mientras tomaba una jarra de té–. Hace años. Me parecía una estupidez guardarlo cuando no había nadie aquí para tocarlo.

Además, yo siempre lo había odiado... Lo siento –añadió, tras dejar la jarra de nuevo sobre la mesa.

–No tienes que explicarte. Lo comprendo.

–No, no creo que lo comprendas. No creo que puedas –replicó Loretta, mirándola muy fijamente.

Vanessa no quería ahondar demasiado. Tomó el tenedor y guardó silencio.

–Espero que esa espineta te parezca bien. Yo no sé demasiado de instrumentos musicales.

–Es muy hermosa.

–El hombre que me la vendió me dijo que era la mejor. Sé que necesitas practicar, así que pensé... En cualquier caso, si no te parece bien, sólo tienes que...

–Está bien –concluyó Vanessa. Comieron en silencio hasta que ella consiguió recordar los buenos modales–. El pueblo parece el mismo –comentó, con voz alegre y cortés–. ¿Vive aún la señora Gaynor en la casa de la esquina?

–Oh, sí –dijo Loretta. Aliviada, empezó a charlar–. Ya casi tiene ochenta años, pero aún sigue saliendo a dar un paseo todos los días, llueva o haga sol, para ir a la oficina de correos para recoger sus cartas. Los Breckenridge se mudaron hace unos cinco años. Se fueron al sur. Una familia muy agradable compró su casa. Tienen tres hijos. El más pequeño acaba de empezar el colegio este mismo año. Es un diablillo. ¡Ah! ¿Te acuerdas de Rick, el niño de los Hawbaker? Tú solías cuidar de él.

–Recuerdo que me pagaban un dólar a la hora y que ese pequeño monstruo con aparatos en los dientes y tirachinas me volvía loca.

–Eso es –comentó Loretta, riendo. Vanessa comprendió que aquél era un sonido que no había olvidado a lo largo de todos aquellos años–. Ahora está en la universidad, con una beca.

–Me resulta difícil creerlo.

–Vino a verme cuando regresó a casa las últimas Navidades. Me preguntó por ti. Joanie sigue aquí.

–¿Joanie Tucker?

–Ahora se llama Joanie Knight. Se casó hace tres años con el joven Jack Knight. Tienen un bebé precioso.

–Joanie –murmuró Vanessa. Joanie Tucker había sido su mejor amiga, su confidente, su apoyo y su socia–, tiene un hijo...

–Se trata de una niña. Se llama Lara. Tienen una granja en las afueras del pueblo. Estoy segura de que le gustaría verte.

–Sí –dijo Vanessa. Por primera vez en todo el día, sintió que algo encajaba en su interior–. Sí, a mí también me gustaría verla. ¿Y sus padres? ¿Están bien?

–Emily murió hace casi ocho años.

–Oh... –susurró Vanessa. Entonces, extendió instintivamente la mano para tocar la de su madre. Igual que Joanie había sido su mejor amiga, Emily Tucker también lo había sido la de su madre–. Lo siento mucho...

Loretta miró las manos unidas y los ojos se le llenaron de lágrimas.

–Aún la echo mucho de menos.

–Era la mujer más amable que he conocido nunca. Ojalá hubiera... –musitó. Sin embargo, inmediatamente se dio cuenta de que ya era demasiado tarde para lamentarse–. ¿Y el doctor Tucker? ¿Está bien?

–Ham está estupendamente –respondió Loretta. Parpadeó para evitar las lágrimas y trató de no sentirse desilusionada cuando Vanessa retiró la mano–. Lo pasó muy mal, pero su familia y su trabajo lo ayudaron a superarlo. Se alegrará mucho de verte, Van.

Nadie había llamado así a Vanessa desde hacía más años de los que podía recordar. Escuchar aquel nombre la emocionó.

–¿Sigue teniendo la consulta en su casa?

–Por supuesto... No estás comiendo nada. ¿Te apetecería tomar otra cosa?

–No, esto está bien –contestó Vanessa. Entonces, por cumplir, se tomó un poco de ensalada.

–¿No quieres saber nada de Brady?

–No –respondió Vanessa–. No especialmente.

–Pues he de decirte que Brady Tucker decidió seguir los pasos de su padre.

–¿Es médico? –preguntó Vanessa, asombrada.

–Así es. Se labró una importante carrera en un hospital de Nueva York. Creo que Ham me dijo que era jefe de algo.

–Siempre creí que Brady terminaría fichando por algún equipo de fútbol o en la cárcel.

Loretta se echó a reír.

–Lo mismo le pasó a la mayoría de la gente, pero se ha convertido en un hombre muy respetable. Por supuesto, siempre fue demasiado guapo para su propio bien.

–O para el de los demás –musitó Vanessa. Su madre volvió a sonreír.

–A una mujer siempre le resulta difícil resistirse a los hombres altos, morenos y guapos, especialmente si, también, son algo granujas. En realidad nunca hizo nada malo –señaló Loretta–, aunque les dio a Emily y a Ham más de un dolor de cabeza. Bueno, en realidad más de muchos dolores de cabeza. Sin embargo, él siempre se ocupó de su hermana, cosa que me gustó mucho. Y tú le gustabas mucho.

Vanessa hizo un gesto de desaprobación.

–A Brady Tucker le gustaba cualquier cosa que tuviera faldas.

–Era muy joven –dijo Loretta. Pensó que todos lo habían sido mientras miraba a la seria y encantadora desconocida que era su hija–. Emily me dijo que no hacía más que dar vueltas por la casa cuando... cuando tu padre y tú os fuisteis a Europa.

–De eso hace mucho tiempo –replicó Vanessa. Se puso de pie para no seguir hablando del asunto.

–Yo me ocuparé de los platos –anunció Loretta mientras empezaba a apilarlos rápidamente–. Hoy es tu primer día. Tal vez te apetezca tocar el piano. Me gustaría volver a escuchar tu música en esta casa.

–Muy bien –repuso ella. Entonces, se dirigió hacia la puerta.

–¿Van?

–¿Sí?

¿Volvería a llamarla alguna vez «mamá»?

–Quiero que sepas lo orgullosa que estoy de lo que has conseguido.

–¿De verdad?

–Sí –contestó Loretta. Estudió a su hija, deseando tener el valor para darle un abrazo–. Sólo me gustaría que tuvieras un aspecto más feliz.

–Soy bastante feliz.

–¿Me lo dirías si no fuera así?

–No lo sé. En realidad, ya no nos conocemos.

Loretta pensó que al menos la respuesta era sincera. Dolorosa, pero sincera al fin y al cabo.

–Espero que te quedes lo suficiente para que podamos conocernos de nuevo.

–Estoy aquí porque necesito respuestas, aunque aún no estoy dispuesta a hacer las preguntas.

–Date tiempo, Van, pero créeme cuando te digo que yo siempre deseé lo mejor para ti.

–Mi padre siempre me decía lo mismo –dijo Vanessa, suavemente–. ¿No te parece extraño que, ahora que soy una mujer adulta, no sepa lo que eso es?

Se dirigió hacia la sala de música. Sentía un dolor que la corroía justo por debajo del esternón. Como tenía por costumbre, se sacó una pastilla del bolsillo de la falda antes de sentarse frente al piano.

Empezó con la *Sonata a la luz de la luna* de Beethoven. La tocó sin partitura, de memoria y desde el corazón. Dejó que la música la tranquilizara. Recordaba haber tocado aquella pieza y cientos de otras en aquella misma sala. Hora tras hora, día tras día, por amor al arte, aunque frecuentemente, quizá demasiado, porque se esperaba eso de ella, incluso se le demandaba.

Siempre había tenido sentimientos encontrados en relación con la música. Sentía un amor fuerte y apasionado hacia ella y una fuerte necesidad por interpretarla con la habilidad que le habían enseñado. Sin embargo, además había estado la imperiosa necesidad de agradar a su padre, de alcanzar el punto de perfección que él esperaba. En aquel momento, le pareció que era casi imposible llegar a tanta excelencia.

Su padre nunca había comprendido que la música para ella era algo que le gustaba hacer, no una vocación. Había sido un modo de expresarse, de reconfortarse, pero nunca una ambición. En las pocas ocasiones en las que había tratado de explicárselo, se había enfurecido o impacientado tanto que Vanessa había decidido guardar silencio. Ella, que era conocida por la pasión y el temperamento que derrochaba, se había comportado como una niña atemorizada al lado de su padre. Nunca en toda su vida había sido capaz de desafiarlo.

Cambió Beethoven por Bach, cerró los ojos y se dejó invadir por la música. Tocó durante más de una hora, perdida en la belleza, en el genio de las composiciones. Aquello era lo que su padre nunca había comprendido. No entendía que pudiera tocar por propio placer y ser feliz con ello, que odiara y siempre hubiera odiado estar sentada en un escenario, rodeada de focos y tocando para miles de personas.

A medida que sus sentimientos comenzaron a fluir de nuevo, comenzó a tocar a Mozart, un compositor que requería más pasión y velocidad. La música surgió a través de ella con viveza, casi con furia. Cuando resonó el último acorde, sintió una satisfacción que casi había olvidado.

El suave aplauso que escuchó a sus espaldas le hizo darse la vuelta. Sentado sobre una de aquellas butacas tan elegantes había un hombre. Aunque Vanessa tenía el sol en los ojos y habían pasado doce años, lo reconoció inmediatamente.

–Increíble –dijo Brady Tucker mientras se ponía de pie y se acercaba a ella. Su largo y nervudo cuerpo bloqueó el sol durante un instante, haciendo que la luz reluciera a su alrededor como si se tratara de un dorado halo–. Absolutamente increíble –repitió, ofreciéndole la mano y una sonrisa–. Bienvenida a casa, Van.

Vanessa se levantó.

–Brady –murmuró. Entonces, le golpeó el estómago con el puño–. Pelota...

Él se derrumbó sobre una butaca cercana, al tiempo que expulsaba de golpe el aire que tenía en los pulmones. A continuación, con un gesto de dolor en el rostro, miró a Vanessa.

–Yo también me alegro de verte.

–¿Qué diablos estás haciendo aquí?

–Tu madre me dejó entrar.

Después de respirar profundamente, se levantó. Vanessa tuvo que levantar la cabeza para poder seguir mirándolo a los ojos, unos fabulosos ojos azules que habían envejecido demasiado bien.

–No quería molestarte mientras estabas tocando, así que me senté. No esperaba que me recibieras con un puñetazo.

–Pues deberías haberlo hecho –replicó ella. Le agradaba haberlo sorprendido y haberle dado una pequeña porción del dolor que él le había hecho sentir a ella. Su voz era la misma, profunda y seductora. Sólo por eso, le apetecía volver a pegarle–. Ella no me dijo que tú estabas en el pueblo.

–Vivo aquí. Regresé hace ya casi un año –contestó Brady. Observó que Vanessa tenía casi el mismo mohín tan sensual de entonces. Le hubiera gustado que al menos eso hubiera cambiado–. ¿Puedo decirte que tienes un aspecto magnífico o debería ponerme en guardia?

Vanessa sabía muy bien cómo mantener la compostura a pesar del estrés. Volvió a tomar asiento mientras se estiraba muy cuidadosamente la falda.

–No, me lo puedes decir.

–Muy bien. Pues tienes un aspecto magnífico. Tal vez estés algo delgada.

El mohín se hizo más pronunciado.

–¿Es ésa tu opinión como médico, doctor Tucker?

–En realidad, sí.

Brady decidió correr el riesgo y se sentó a su lado sobre la banqueta del piano. El aroma que emanaba de ella era tan sutil y atrayente como la luz de la luna. Sintió que algo se despertaba dentro de él, lo que le resultó menos inesperado que frustrante. Aunque estaban sentados juntos, Brady sabía que ella estaba tan lejos de él como cuando los había separado un océano entero.

–Tú también tienes buen aspecto –comentó ella, aunque deseó que sus palabras no fueran ciertas.

Efectivamente, Brady aún tenía el cuerpo esbelto y atlético de su juventud. Su rostro no era tan aniñado y la atractiva madurez que presentaba en aquellos momentos le hacía resultar mucho más fascinante. Aún tenía el cabello de un profundo color negro y sus pestañas eran tan largas y espesas como siempre. Las manos seguían siendo tan fuertes y hermosas como lo habían sido la primera vez que la habían tocado. Se recordó que aquello había ocurrido hacía casi una vida entera.

–Mi madre me dijo que tú tenías un buen trabajo en Nueva York.

–Lo tenía –dijo Brady. Se sentía tan nervioso como un colegial. En realidad mucho más. Doce años antes habría sabido cómo manejar a Vanessa, o, al menos, eso había creído–. Regresé para ayudar a mi padre con su consulta. Le gustaría jubilarse dentro de un año o dos.

–Me resulta imposible creer que tú hayas regresado aquí o que el doctor Tucker vaya a jubilarse.

–Los tiempos cambian.

–Así es –dijo Vanessa. Le resultaba también imposible estar sentada al lado de él. Tal vez sólo era un recordatorio de los sentimientos que había sentido de niña, pero, de todos modos, se levantó–. Me resulta igual de difícil imaginarte a ti como médico.

–¿Quieres que te enseñe el estetoscopio?

–No. Por cierto, he oído que Joanie se ha casado.

–Sí, con Jack Knight nada menos. ¿Te acuerdas de él?

–Creo que no.

–En el instituto iba un curso por delante de mí. Era la estrella del equipo de fútbol. Jugó profesionalmente durante un par de años, pero luego se fastidió la rodilla.

–¿Es así como lo denominan los médicos?

–Más o menos –contestó Brady, con una sonrisa–. A mi hermana le encantará volver a verte, Van.

–Yo también tengo muchas ganas de verla.

–Tengo que atender a algunos pacientes, pero creo que habré terminado para las seis. ¿Por qué no vamos a cenar y luego te llevo a la granja?

–No, gracias.

–¿Por qué no?

–Porque la última vez que me invitaste a cenar, a cenar y al baile de fin de curso, me dejaste plantada.

–Veo que eres capaz de guardar el resentimiento durante muchos años.

–Sí.

–Entonces, yo tenía dieciocho años, Van, y tuve mis razones.

–Razones que ya importan muy poco –replicó ella. El estómago le estaba empezando a arder–. Lo importante es que no quiero volver a retomar las cosas donde las dejamos.

–No se trataba de eso.

–Bien. Los dos ahora tenemos vidas completamente separadas, Brady. Sigamos así.

Él asintió muy lentamente.

–Veo que has cambiado más de lo que había pensado.

–Así es –dijo Vanessa. Se dispuso a salir, pero entonces se detuvo y miró por encima del hombro–. Los dos hemos cambiado, pero me imagino que aún sabes dónde está la puerta.

–Sí.

Brady habló más bien consigo mismo, dado que Vanessa ya se había marchado. Efectivamente, conocía dónde estaba la puerta. Lo que nunca se habría imaginado era que ella aún era capaz de poner su mundo patas arriba con sólo una mirada.

II

La granja de los Knight se extendía por onduladas colinas y campos cultivados. El heno estaba ya muy alto y el trigo estaba empezando a brotar. Un enorme granero gris se erguía por detrás de tres corrales y, muy cerca, las gallinas picoteaban incesantemente el suelo. Unas rollizas vacas pastaban en una ladera, demasiado perezosas para dignarse a mirar al coche que se acercaba. Por el contrario, los gansos salieron corriendo a lo largo de la orilla del arroyo, excitados y enojados por la intrusión.

Un sendero de grava conducía a la casa. Cuando Vanessa detuvo el coche, desmontó lentamente. Se escuchaba el traqueteo distante de un tractor y el ladrido ocasional de un perro. Más cercanos eran los gorjeos de los pájaros, un intercambio musical que siempre le recordaba a vecinas chismorreando por encima de una valla.

Tal vez era una estupidez sentirse nerviosa, pero no

podía evitarlo. Allí vivía su amiga más íntima, alguien con quien había compartido cada pensamiento, cada sentimiento, cada deseo y cada desilusión. Sin embargo, aquellas amigas tan sólo habían sido unas niñas, muchachas a punto de convertirse en mujeres, una época en la que todo resulta mucho más intenso y emocional. No habían tenido la oportunidad de distanciarse poco a poco. Su amistad se había visto interrumpida rápida y bruscamente. Entre aquel momento y el presente, les habían ocurrido a ambas demasiadas cosas. Esperar que las dos pudieran renovar los vínculos y sentimientos de entonces era ingenuo y optimista a la vez.

Vanessa se lo repetía una y otra vez para prepararse para la desilusión mientras subía los escalones de madera que llevaban al porche.

La puerta se abrió de par en par. La mujer que apareció en el umbral provocó una oleada de recuerdos contenidos, pero, al contrario de lo que le había ocurrido cuando vio a su madre, Vanessa no sintió ni confusión ni pena.

«Tiene el mismo aspecto», se dijo. Joanie seguía teniendo una constitución corpulenta, con las curvas que Vanessa había envidiado a lo largo de toda su adolescencia. Aún llevaba el cabello corto y revuelto alrededor de un hermoso rostro. Cabello negro y ojos azules como su hermano, aunque con rasgos más suaves y una perfecta boquita de piñón que había vuelto locos a todos los chicos.

Vanessa abrió la boca para hablar mientras buscaba algo que decir. Entonces, oyó que Joanie lanzaba un grito. Abrazos, cuerpos agitándose, risas, lágrimas y frases entrecortadas que terminaron inmediatamente con tantos años de separación.

–No me puedo creer que estés aquí...

–Te he echado mucho de menos. Tienes un aspecto... Lo siento.

–Cuando oí que tú... –murmuró Joanie, con una dulce sonrisa en los labios–. Dios, me alegro tanto de verte, Van.

–Casi me daba miedo venir –confesó Vanessa mientras se limpiaba las mejillas con el reverso de la mano.

–¿Por qué?

–Pensé que te comportarías cortésmente conmigo, que me ofrecerías una taza de té mientras te preguntabas de qué diablos podíamos hablar.

Joanie se sacó un arrugado pañuelo del bolsillo y se sonó la nariz.

–Y yo creí que tú irías vestida con un abrigo de visón y diamantes y que vendrías a verme sólo por tu sentido del deber.

Vanessa lanzó una llorosa sonrisa.

–Tengo el visón guardado.

Joanie le agarró la mano y la hizo entrar por la puerta.

–Entra. Tal vez te ofrezca un té después de todo.

El recibidor era muy luminoso y alegre. Joanie llevó a Vanessa al salón, decorado con unos sofás algo deslucidos, muebles de caoba y bonitas cortinas de chintz. Se notaba que había un bebé en la casa por los sonajeros y los peluches que había por todas partes. Incapaz de resistirse, Vanessa tomó un sonajero rosa y blanco.

–Tienes una hija.

–Sí. Se llama Lara –replicó Joanie, con una sonrisa–. Es maravillosa. Se levantará muy pronto de su siesta. Estoy deseando que la conozcas.

–Me resulta difícil imaginar que seas mamá.

–Yo casi estoy acostumbrada –dijo Joanie, mientras tomaban asiento en el sofá–. Lo que no me puedo creer es que estés aquí. Vanessa Sexton, concertista de piano, lumbrera musical y viajera por todo el mundo.

–¡Oh, por favor! No me hables de ella. Me la dejé en Washington.

–Deja que me regodee un poco –comentó Joanie, mientras la miraba de arriba abajo–. Estamos tan orgullosos de ti. Todo el pueblo. Si veíamos algo en los periódicos o revistas, algo en las noticias, aquello era lo único de lo que hablaba la gente durante días. Eres el vínculo de Hyattown con la fama y la fortuna.

–Un vínculo algo débil –murmuró Vanessa, con una sonrisa–. Tu granja es maravillosa, Joanie.

–¿Te lo puedes creer? Yo siempre me imaginé viviendo en uno de esos *lofts* de Nueva York, planeando almuerzos de negocios y peleándome por conseguir un taxi en la hora punta.

–Esto es mejor –le aseguró Vanessa–. Mucho mejor.

Joanie se quitó los zapatos y se recogió los pies por debajo de las piernas.

–Para mí sí lo es. ¿Te acuerdas de Jack?

–Creo que no. No recuerdo que me hablaras nunca de nadie que se llamara Jack.

–No lo conocí en el instituto. Él era mayor que nosotras cuando empezamos. Recuerdo haberlo visto por los pasillos de vez en cuando. Hombros anchos, un corte de pelo horrible... Entonces, hace cuatro años, yo le estaba echando una mano a papá en la consulta. Yo trabajaba como secretaria en un bufete de Hagerstown...

–¿Secretaria en un bufete?

–Ésa es una vida anterior. Bueno, todo ocurrió durante la consulta de los sábados de mi padre. Millie estaba enferma... ¿Te acuerdas de Millie?

–Claro que sí –dijo Vanessa. Sonrió al recordar a la enfermera de Abraham Tucker.

–Bueno, yo estaba trabajando aquel fin de semana cuando entró Jack Knight, con su casi metro noventa de estatura y sus ciento trece kilos de peso. Tenía laringitis –comentó, con un suspiro–. Allí estaba aquel enorme y atractivo tipo tratando de decirme por señas que no tenía cita, pero que quería ver al médico. Le hice un hueco entre un caso de varicela y una otitis. Mi padre lo examinó y le dio una receta. Regresó un par de horas más tarde, con un precioso ramo de violetas y una nota en la que me pedía que fuera al cine con él. ¿Cómo iba a poder resistirme?

–Siempre fuiste muy blanda –comentó Vanessa, entre risas.

–Ni que lo digas. Casi sin darme cuenta, salí a comprarme un traje de novia y empecé a aprenderlo todo sobre el abono. Te aseguro que han sido los cuatro mejores años de mi vida. Ahora, háblame de ti. Quiero que me lo cuentes todo.

Vanessa se encogió de hombros.

–Ensayos, conciertos, viajes...

–Estancias en Roma, Madrid, Mozambique...

–Esperas en aeropuertos y alojamientos en habitaciones de hotel –dijo Vanessa–. Te aseguro que no es una vida tan glamurosa como podría parecer.

–No, supongo que departir con actores famosos, dar conciertos para la reina de Inglaterra o compartir veladas románticas con millonarios puede ser bastante aburrido.

–¿Veladas románticas? –repuso Vanessa, riendo–. Creo que no he tenido ni una velada romántica con nadie.

–Venga, Van, no me hagas salir de la burbuja. Durante años, te he imaginado brillando entre los más brillantes, siendo la celebridad más famosa de todas...

–Te aseguro que lo único que he hecho ha sido tocar el piano y viajar en avión.

–Veo que eso te ha mantenido en forma. Me apuesto algo que todavía eres capaz de ponerte una talla treinta y seis.

–Tengo una estructura ósea muy ligera.

–Espera a que te vea Brady.

–Lo vi ayer.

–¿De verdad? El muy canalla no me ha llamado –comentó, con una sonrisa–. Bueno, ¿cómo fue?

–Le pegué.

–¿Que tú...? –preguntó Joanie. Se atragantó, tosió y, por fin, se recuperó–. ¿Que le pegaste? ¿Por qué?

–Por haberme dejado plantada la noche de su baile de graduación.

–¿Por eso? –replicó Joanie, mientras Vanessa se ponía de pie y empezaba a caminar de arriba abajo por el salón.

–Nunca me he sentido tan enfadada. No me importa que suene como una estupidez. Aquella noche era muy importante para mí. Yo creí que iba a ser la noche más maravillosa y romántica de toda mi vida. Ya sabes el tiempo que tardé en encontrar el vestido perfecto...

–Sí, lo sé –murmuró Joanie.

–Llevaba semanas y semanas deseando que llegara aquella noche –dijo Vanessa, sin poder detenerse–. Acababa de sacarme el permiso de conducir y me fui a Frederick para que me peinaran. Tenía un pequeño tocado floral detrás de la oreja –susurró, tocándosela como si aún lo llevara puesto–. Oh... Yo ya sabía que era poco de fiar. Mi padre me lo dijo en innumerables ocasiones, pero nunca esperé que me dejara plantada de esa manera.

–Pero, Van...

–Después, no me atreví a salir de la casa durante dos días. Me sentía tan avergonzada, tan herida... Además, mis padres no dejaban de pelearse. Todo era tan desagradable... Entonces, mi padre me llevó a Europa y ahí se terminó todo.

Joanie se mordió el labio mientras consideraba la situación. Podía ofrecerle a su amiga explicaciones, pero aquello era algo que Brady debería arreglar por sí mismo.

–Podría haber mucho más de lo que tú te piensas... –dijo.

–Ya no importa –repuso Vanessa, tras volver a sentarse–. Eso ocurrió hace mucho tiempo. Además, me saqué el veneno de dentro cuando le di ese puñetazo –añadió, con una sonrisa.

–Me gustaría haberlo visto –comentó Joanie, también riendo.

–Resulta difícil creer que sea médico.

–No creo que nadie se sorprendiera más que el propio Brady.

–Es un poco extraño que no se haya casado... ni nada.

–Yo no pienso comentar nada sobre lo de «nada», pero es verdad que no se ha casado. Hay un cierto número de mujeres que han desarrollado problemas crónicos desde que él regresó al pueblo.

–Estoy segura de ello –murmuró Vanessa.

–En cualquier caso, mi padre está encantado. ¿Lo has visto ya?

–No. Quería venir a verte a ti primero –afirmó. Entonces, tomó las manos de su amiga–. Siento mucho lo de tu madre. No me enteré hasta ayer.

–Pasamos un par de años muy malos. Mi padre estaba completamente perdido. Supongo que, en realidad, todos lo estábamos. Sé que tú también perdiste a tu padre. Comprendo perfectamente lo difícil que debió de ser para ti.

–Llevaba algún tiempo enfermo. Yo no supe lo grave que era hasta que... casi hasta que estuvo a punto de marcharse. Lo ayudó mucho que hubiéramos terminado todos los compromisos. Eso era muy importante para él.

Cuando Joanie se disponía a tomar la palabra, el intercomunicador que había sobre la mesa empezó a emitir sonidos. Se produjo un gimoteo seguido de una parrafada en la media lengua infantil.

–Mi hija se ha despertado –comentó Joanie. Entonces, se levantó rápidamente–. Tardaré sólo un minuto.

Cuando se quedó a solas, Vanessa se puso de pie y comenzó a recorrer el salón. Estaba repleto de libros sobre agricultura y bebés, fotos de boda y de la niña. Había un viejo jarrón de porcelana que recordaba haber visto en casa de los Tucker. A través de la ventana se podía contemplar el granero y las vacas sesteando bajo el sol de mediodía.

–Van...

Se dio la vuelta y vio a Joanie en la puerta, con una niña muy pequeña colocada sobre la cadera. La pequeña movía constantemente los pies, provocando así que sonaran sin parar los cascabeles que llevaba en los zapatos.

–Oh, Joanie... Es preciosa.

–Sí –susurró Joanie antes de besar la cabeza de su hija–. Así es. ¿Te gustaría tomarla en brazos?

–Claro que sí –afirmó Vanessa. Cruzó el salón para tomar en brazos a la pequeña. Después de observarla con cierta sospecha, Lara sonrió y volvió a agitar los pies–. ¿Quién es la más bonita de la casa? –añadió, mientras levantaba a la niña por encima de su cabeza y le daba vueltas–. ¿Quién es lo más maravilloso?

–Se nota que le caes bien –comentó Joanie, muy satisfecha–. No hacía más que decirle que, tarde o temprano, conocería a su madrina.

–¿A su madrina? –preguntó Vanessa, algo confusa, tras colocarse a la niña sobre la cadera.

–Claro. Te envié una nota después de que naciera. Sabía que no podrías venir al bautizo, por lo que tuvimos que conformarnos con hacerlo por poderes, pero quería que Brady y tú fuerais los padrinos. Recibiste la nota, ¿verdad? –añadió, al ver la confusión que se reflejaba en el rostro de Vanessa.

–No. No la recibí. Ni siquiera sabía que te habías casado hasta que mi madre me lo dijo ayer.

–Pero la invitación de boda... Bueno, tal vez se perdió. Siempre estabas viajando tanto...

–Sí... Ojalá lo hubiera sabido. Si lo hubiera sabido, habría encontrado el modo de estar aquí.

–Ahora estás aquí.

–Sí. Ahora estoy aquí. Dios, te envidio tanto, Joanie –confesó.

–¿A mí?

–Esta hermosa niña, esta casa, la mirada que se te refleja en los ojos cuando hablas sobre Jack... Me parece que me he pasado doce años sumida en un sueño mientras tú te has preocupado de formar una familia, un hogar y una vida propia.

–Creo que las dos tenemos una vida propia. Tan sólo son diferentes. Tú tienes tanto talento, Van... Hasta cuando éramos niñas yo me quedaba asombrada. Deseaba tanto tocar el piano como tú... –comentó, instantes antes de darle un abrazo a su amiga–. Por mucha paciencia que tuvieras conmigo yo ni siquiera era capaz de tocar una canción infantil.

–No se te daba muy bien, pero eras muy decidida. Y me alegro de que sigas siendo mi amiga.

–Vas a hacerme llorar otra vez –susurró Joanie sacudiendo la cabeza–. Te propongo una cosa. Tú juega con Lara durante unos instantes mientras yo voy a prepararnos un poco de limonada. Entonces, podremos ponernos a criticar a todo el mundo, como por ejemplo de lo mucho que ha engordado Julie Newton.

–¿De verdad?

–Sí, y de cómo Tommy McDonald se está quedando calvo –afirmó Joanie, entrelazando el brazo con el de Vanessa–. Mejor aún, vente a la cocina conmigo. Te lo voy a contar todo sobre el tercer marido de Betty Baumgartner.

–¿El tercero?

–Por el momento.

Aquel atardecer, mientras daba un paseo por el jardín trasero de la casa, Vanessa pensó que tenía tantas cosas en las que pensar... No se trataba sólo de las divertidas historias que Joanie había compartido con ella aquel día. Necesitaba pensar también en su vida y en lo que quería hacer con ella. El lugar al que pertenecía, al que deseaba pertenecer...

Durante más de una década, no había tenido mucha elección. En realidad, podría ser que le hubiera faltado el valor para tomar sus propias decisiones. Siempre había hecho lo que su padre deseaba. Su música y él habían sido las únicas constantes en su vida. El empuje y las necesidades de su padre siempre habían sido mucho más apasionadas que las de ella y Vanessa no había querido desilusionarlo.

Una pequeña voz en su interior gritó que, más bien, no se había atrevido, pero ella decidió no prestarle atención alguna.

Se lo debía todo a su padre. Él había dedicado su vida entera a la carrera de Vanessa. Mientras que su madre había eludido todas sus responsabilidades, su padre se había hecho cargo de ella, la había moldeado y se lo había enseñado todo. Cuando ella trabajaba, él trabajaba también. Incluso cuando se había puesto muy enfermo, había hecho un esfuerzo sobrehumano y se había ocupado de la carrera de Vanessa como siempre. La había llevado a la cima de su profesión y se había contentado con permanecer en las sombras.

Seguramente no le había resultado fácil. Su propia carrera como concertista de piano se había estancado antes de que llegara a los treinta años. Nunca había alcanzado la gloria que tan desesperadamente había deseado. Para él, la música lo había sido todo. Al fin, había conseguido ver realizadas todas sus ambiciones y aspiraciones en su única hija.

En aquellos momentos, Vanessa estaba a punto de darle la espalda a todo lo que él había deseado para ella. Su padre jamás habría podido comprender su deseo de dejar una carrera tan fulgurante, igual que nunca había sido capaz de entender, ni de tolerar, el terror constante que Vanessa sentía antes de actuar.

Su padre le había dicho que se trataba de miedo escénico y que terminaría por superarlo. Aquello era lo único que jamás había podido conseguir para él. A pesar de todo, sabía que podía volver a los escenarios. Podría soportarlo. Podría superarse aún más si se lo proponía. Si por lo menos supiera que era aquello lo que deseaba...

Tal vez sólo necesitaba descansar. Una semanas o unos meses de tranquilidad le bastarían para comenzar a anhelar la vida que había dejado atrás. Sin embargo, por el momento, lo único que deseaba era disfrutar de aquel rojizo atardecer.

Tomó asiento en el balancín que había sobre el césped. Desde donde estaba, veía las luces encendidas en el interior de la casa, en el resto de las casas. Había cenado con su madre en la cocina... o mejor dicho lo había intentado. Loretta había parecido algo molesta cuando Vanessa sólo había picado un poco de la comida. ¿Cómo podía explicarle que, en aquellos momentos, nada parecía sentarle bien? Aquel vacío que le corroía el estómago no parecía mitigarse con nada.

Vanessa confiaba en que lo hiciera con el tiempo. Seguramente era porque no estaba ocupada, como debería estarlo. Ciertamente no había practicado lo suficiente ni aquel día ni el anterior. Aunque decidiera recortar sus obligaciones profesionales, no podía descuidar sus prácticas.

«Mañana», pensó, cerrando los ojos. El día siguiente sería un buen momento para instaurar una rutina diaria. Con aquellos pensamientos, se arrebujó en la chaqueta. Se había olvidado de lo rápido que la temperatura podía bajar allí cuando el sol se ocultaba tras las montañas.

Oyó que un coche aminoraba la marcha para aparcar en el acceso al garaje de una casa, a continuación una puerta que se cerraba. Desde algún lugar cercano una madre llamó a su hijo para que dejara de jugar y entrara en la casa. Otra luz parpadeó en una ventana. Un bebé comenzó a llorar. Vanessa sonrió y deseó poder sacar la vieja tienda que Joanie y ella habían utilizado en el jardín. Podría dormir allí, simplemente escuchando los sonidos de la noche.

De repente, escuchó los ladridos de un perro y vio el hermoso pelaje dorado de un golden retriever. Atravesó corriendo el césped del vecino, saltó por encima del macizo de caléndulas y pensamientos que su madre había plantado y se dirigió corriendo hacia Vanessa. Antes de que ella pudiera decidir si asustarse o alegrarse, le colocó las dos patas en el regazo y le dedicó una muy canina sonrisa.

–Vaya, hola –le dijo, mientras le acariciaba las orejas–. ¿De dónde has salido tú?

–De una distancia de dos manzanas, a plena carrera –comentó una voz masculina. Inmediatamente, Brady surgió entre las sombras–. Cometí el error de llevármelo hoy a la consulta. Cuando fui a meterlo en el coche, decidió irse a dar un paseo –comentó, mientras se detenía delante del balancín–. ¿Vas a volver a pegarme o me puedo sentar?

–Probablemente no te volveré a pegar –replicó Vanessa, sin dejar de acariciar al perro.

–Supongo que me tendré que conformar con eso –dijo Brady. Se sentó en el balancín y estiró las piernas. Inmediatamente, el perro trató de subírsele al regazo–. No trates de hacer las paces, amigo –repuso él. Entonces, se quitó al perro de encima.

–Es un animal muy bonito.

–No le digas esas cosas. Ya tiene un ego bastante desarrollado.

–La gente dice que las mascotas y sus dueños desarrollan características similares –comentó ella–. ¿Cómo se llama?

–Kong. Era el mayor de su camada –respondió Brady. Al escuchar su nombre, el perro ladró dos veces y luego se lanzó a corretear por el jardín–. Lo mimé demasiado cuando era un cachorro y ahora estoy pagando por ello –añadió. Entonces, extendió un brazo por encima del respaldo del balancín y dejó que los dedos rozaran suavemente las puntas del cabello de Vanessa–. Joanie me ha dicho que has ido hoy a verla a la granja.

–Sí –comentó ella, golpeándole la mano para que la retirara–. Parece muy feliz y tiene un aspecto maravilloso.

–Es muy feliz –dijo Brady. Entonces, sin inmutarse, le tomó la mano y empezó a juguetear con los dedos en un gesto antiguo y familiar–. Ya habrás conocido a tu ahijada.

–Sí –replicó Vanessa al tiempo que retiraba la mano–. Es preciosa.

–Sí –afirmó él. Volvió a ocuparse del cabello–. Se parece a mí.

Sin poder evitarlo, Vanessa se echó a reír.

–Sigues siendo igual de presumido. ¿Quieres apartar las manos de mí?

–Nunca he podido hacerlo –contestó, pero se apartó un poco–. Solíamos sentarnos aquí muy a menudo, ¿te acuerdas?

–Sí.

–Creo que la primera vez que te besé estábamos sentados aquí, igual que ahora.

–No –replicó ella.

–Tienes razón –dijo Brady, aunque lo sabía muy bien–. La primera vez fue en el parque. Tú viniste a verme jugar al baloncesto.

–Dio la casualidad de que pasaba por allí.

–Viniste a verme porque yo jugaba sin camiseta y querías verme el torso cubierto de sudor.

Vanessa volvió a soltar una carcajada. Sabía que aquello era completamente cierto. Se volvió a mirarlo y vio que Brady estaba sonriendo y que parecía muy relajado. Siempre le había resultado muy fácil relajarse. Y siempre había sabido cómo hacerla reír.

–En realidad, tu torso cubierto de sudor no merecía tanto la pena.

–He engordado un poco. Y sigo jugando al baloncesto –comentó. Aquella vez, Vanessa no notó que comenzaba de nuevo a acariciarle el cabello–. Recuerdo perfectamente aquel día. Fue a finales de verano, antes de que empezara mi último curso en el instituto. En tres meses, tú habías pasado de ser una niña pesada para convertirte en una chica muy sexy con aquella melena castaña y esas piernas tan estupendas que solías dejar al descubierto cuando te ponías pantalones cortos. Eras tan guapa. Hacías que la boca se me hiciera agua.

–Tú siempre estabas mirando a Julie Newton.

–No. Fingía mirar a Julie Newton mientras te miraba a ti. Entonces, aquel día fuiste al parque. Habías estado en la tienda de Lester porque tenías un refresco en la mano. Era un refresco de uva.

–Pues menuda memoria tienes.

–Bueno, estamos hablando de un momento muy importante en nuestras vidas. Tú me dijiste «Hola, Brady. Parece que tienes mucho calor. ¿Quieres un trago?». Yo estuve a punto de comerme de un bocado la pelota. Entonces, empezaste a flirtear conmigo.

–Eso no es cierto.

–Empezaste a pestañear.

–Yo nunca he hecho nada semejante –replicó ella, tratando de contener la risa.

–Te aseguro que entonces sí que pestañeaste –comentó Brady, con un suspiro–. Fue estupendo.

–Tal y como yo lo recuerdo, tú estabas presumiendo en la cancha, haciendo ganchos y canastas, lo que fuera. Cosas de machos. Entonces, me agarraste.

–Me acuerdo de eso. Me gustó.

–Olías como la taquilla de un gimnasio.

–Supongo que sí. A pesar de todo, fue el primer beso más memorable.

«Y el mío», pensó Vanessa. No se había dado cuenta de que se había recostado sobre el hombro de Brady.

–Éramos tan jóvenes –comentó, con una sonrisa–. Todo era tan intenso, tan fácil...

–Algunas cosas no tienen por qué ser difíciles. ¿Amigos?

–Supongo que sí.

–Todavía no he tenido oportunidad de preguntarte cuánto tiempo te vas a quedar.

–Todavía no he tenido oportunidad de decidirlo.

–Tu agenda debe de estar repleta.

–Me he tomado unos meses de descanso. Tal vez me vaya a París durante unas semanas.

Brady volvió a tomarle la mano. Las manos de Vanessa siempre le habían fascinado. Aquellos largos dedos, las suaves palmas, las cortas y prácticas uñas. No llevaba anillos. Él le había regalado uno una vez. Se había gastado el dinero que había ganado cortando el césped durante todo el verano y le había comprado un anillo de oro con una minúscula esmeralda. Ella le había besado hasta dejarlo sin sentido. Había jurado que nunca se lo quitaría.

Las promesas adolescentes se rompen fácilmente con el tiempo. Era una tontería desear vérselo de nuevo en el dedo.

–¿Sabes una cosa? Conseguí verte tocar en el Carnegie Hall hace un par de años. Fue maravilloso. Tú estuviste fantástica –dijo Brady. Los sorprendió a ambos llevándose los dedos de Vanessa a los labios. Entonces, los apartó rápidamente–. Había esperado verte mientras los dos estábamos en Nueva York, pero supongo que estabas ocupada.

La sensación que le vibraba en las yemas de los dedos aún le recorría todo el cuerpo.

–Si me hubieras llamado, habría podido organizarlo todo.

–Te llamé –dijo él, mirándola fijamente a los ojos–. Fue entonces cuando me di cuenta de lo importante que eras. No llegué a pasar la primera línea de defensa.

–Lo siento. De verdad.

–No importa.

–No, pero me habría gustado verte. Algunas veces, las personas que me rodean me protegen demasiado.

–Creo que tienes razón.

Brady le colocó una mano debajo de la barbilla. Era mucho más hermosa de lo que recordaba, y también mucho más frágil. Si la hubiera visto en Nueva York, en un lugar menos sentimental para ambos, ¿se habría sentido tan atraído por ella? No estaba seguro de querer saberlo.

Le había pedido que fueran amigos. Le costaba mucho no desear ser algo más.

–Pareces muy cansada, Van. Podrías tener mejor color de cara.

–Ha sido un año muy ajetreado.

–¿Duermes bien?

–No empieces a jugar a los médicos conmigo, Brady –comentó ella, apartándole la mano.

–En estos momentos, no se me ocurre nada que me gustaría más, pero te hablo en serio. Pareces agotada.

–No estoy agotada, sólo un poco cansada. Por eso me voy a tomar un descanso.

–¿Por qué no vienes a la consulta para que te haga un reconocimiento?

–¿Es así como ligas ahora? Antes solías decir «Vamos a aparcar al Molly's Hole».

–Ya llegaré a eso. Mi padre puede examinarte.

–No necesito un médico –afirmó. En aquel momento, Kong regresó y ella comenzó a acariciarlo–. Nunca estoy enferma. En casi diez años de conciertos, no he tenido que cancelar nunca ni uno por razones de salud. No voy a decir que no me ha resultado difícil regresar aquí, pero lo estoy superando.

«Tan testaruda como siempre», pensó él. Tal vez sería mejor vigilarla, como médico, durante los siguientes días.

–A pesar de todo, a mi padre le gustaría verte, si no profesionalmente, al menos sí personalmente.

–Iré a verlo. Joanie me ha dicho que tú tienes un montón de pacientes femeninas. Me imagino que lo mismo le ocurrirá a tu padre, si sigue siendo tan guapo como lo recuerdo.

–Ha tenido... unas cuantas ofertas interesantes, pero todo se ha terminado desde que tu madre y él están juntos.

Atónita, Vanessa se volvió para mirarlo.

–¿Juntos? ¿Mi madre y tu padre?

–Es la pareja más de moda en el pueblo. Hasta ahora –dijo Brady. Entonces, le colocó un mechón de cabello detrás del hombro.

–¿Mi madre?

–Es una mujer muy atractiva y está en la flor de la vida, Van. ¿Por qué no debería divertirse?

Vanessa se colocó una mano sobre el estómago y se levantó.

–Me voy adentro.

–¿Cuál es el problema?

–No hay problema alguno. Entro porque tengo frío.

Brady la agarró por los hombres. Aquél fue otro gesto que provocó una oleada de recuerdos.

–¿Por qué no la dejas vivir en paz? –le preguntó–. Dios ya la ha castigado lo suficiente.

–Tú no sabes nada.

–Más de lo que tú crees. Debes olvidarte del pasado, Vanessa. Tanto resentimiento te va a corroer por dentro.

–A ti te resulta muy fácil decirlo. Siempre te ha resultado muy fácil, con tu hermosa familia feliz. Tú siempre supiste que te querían, sin importar lo que hicieras o lo que no hicieras. Nadie te apartó de su lado.

–Ella no te apartó de su lado, Van.

–Me dejó marchar. ¿Qué diferencia hay?

–¿Por qué no se lo preguntas?

Vanessa sacudió la cabeza y se apartó de él.

–Dejé de ser su niña hace doce años. Deje de ser muchas cosas.

Con eso, se dio la vuelta y entró en la casa.

III

Vanessa durmió sólo a ratos. Había sentido dolor, pero estaba acostumbrada. Lo había enmascarado con antiácidos líquidos y tomándose las píldoras que le habían recetado para sus ocasionales dolores de cabeza, pero, principalmente, utilizando su fuerza de voluntad para ignorarlo.

En dos ocasiones había estado a punto de dirigirse hacia el dormitorio de su madre. Una tercera vez había llegado hasta la mismísima puerta y había levantado la mano para llamar, para regresar inmediatamente a su propio dormitorio y a sus pensamientos.

No tenía derecho alguno a sentirse agraviada porque su madre tuviera una relación con otro hombre, pero era así precisamente como se sentía. En todos los años que Vanessa había pasado con su padre, él nunca se había fijado en otra mujer o, si lo había hecho, había sido tan discreto que ella ni siquiera se había percatado.

A la mañana siguiente, mientras se vestía, se dijo que no importaba. Siempre habían llevado vidas separadas, a pesar de que compartían la casa. Sin embargo, sí le importaba. La molestaba que su madre se hubiera sentido satisfecha todos aquellos años viviendo en aquella casa sin ponerse en contacto con su única hija. Le importaba que hubiera podido comenzar una nueva vida en la que no tenía sitio para su propia hija.

Vanessa se dijo que había llegado el momento de preguntar por qué.

Notó el aroma del café y del pan recién hecho al llegar al pie de la escalera. En la cocina, vio a su madre al lado del fregadero, enjuagando una taza. Iba vestida con un bonito traje azul y perlas en las orejas y alrededor de la garganta. Tenía la radio encendida y estaba canturreando con la música que se escuchaba.

–Oh, ya estás levantada –le dijo Loretta con una sonrisa, cuando se dio la vuelta y vio a Vanessa–. No estaba segura de si te vería esta mañana antes de marcharme.

–¿De que te marcharas?

–Tengo que ir a trabajar. Tienes unos panecillos preparados y el café aún sigue caliente.

–¿Adónde vas a trabajar?

–A la tienda de antigüedades –respondió Loretta mientras le servía una taza de café–. La compré hace seis años. Tal vez te acuerdes de la tienda a la que me refiero. La de los Hopkins. Fui a trabajar para ellos cuando... bueno, hace algún tiempo. Cuando decidieron jubilarse, yo se la compré.

–¿Estás diciendo que eres la dueña de una tienda de antigüedades?

–Es muy pequeña –dijo, tras colocar el café encima de la mesa–. Yo la llamo «El desván de Loretta». Supongo que es un nombre algo tonto, pero yo creo que le va bien. La he tenido cerrada durante un par de días, pero... Si quieres, puedo cerrar también hoy.

Vanessa observó a su madre atentamente, tratando de imaginársela como dueña de un negocio de antigüedades. ¿Habría mencionado alguna vez que se sentía interesada por ellas?

–No –afirmó. Parecía que sus preguntas iban a tener que esperar–. Vete.

–Si quieres, puedes acercarte más tarde a echar un vistazo. Es muy pequeña, pero tengo muchas piezas interesantes.

–Ya veré.

–¿Estás segura de que estarás bien aquí sola?

–He estado muy bien sola durante mucho tiempo.

Loretta bajó la mirada.

–Sí, claro que sí. Normalmente llego a casa a las seis y media.

–Muy bien. Entonces, te veré esta tarde –replicó. Se dirigió al fregadero. Quería agua, limpia y fría.

–Van...

–¿Sí?

–Sé que tengo que compensarte por muchos años –le dijo. Cuando Vanessa se dio la vuelta, vio que su madre estaba en el umbral de la puerta–. Espero que me des una oportunidad.

—Quiero hacerlo. No sé dónde debemos empezar ninguna de las dos.

—Yo tampoco —comentó Loretta, algo menos tensa—. Tal vez ése sea el modo de comenzar. Te quiero mucho. Me sentiré contenta si puedo hacerte creer que esas palabras son ciertas —añadió. Entonces, se dio la vuelta rápidamente y se marchó.

—Oh, mamá —susurró Vanessa a la casa vacía—. Yo no sé qué hacer.

—Señora Driscoll —dijo Brady mientras golpeaba suavemente la nudosa rodilla de la anciana de ochenta y tres años—. Tiene usted el corazón de una gimnasta de veinte.

La mujer se echó a reír, tal y como él había esperado.

—No es el corazón lo que me preocupa, Brady, si no los huesos. Me duelen que rabian.

—Tal vez si permitiera que uno de sus bisnietos le arrancara las malas hierbas de su huerto...

—Llevo sesenta años cuidando de mi terrenito...

—Y estoy seguro de que lo podrá seguir haciendo otros sesenta más —afirmó Brady mientras le quitaba el manguito de tomarle la tensión—. No hay nadie en este condado que críe mejores tomates, pero, si no se toma las cosas con un poco más de calma, los huesos le van a doler.

Brady le examinó las manos. Afortunadamente, los dedos aún no sufrían de artritis, pero la enfermedad ya estaba presente en hombros y rodillas. No había mucho que ella pudiera hacer para frenar su avance.

Completó el reconocimiento mientras escuchaba las historias que la anciana le contaba sobre su familia. La señora Driscoll había sido la profesora de Brady en segundo y ya entonces él había pensando que era la mujer más vieja sobre la faz de la tierra.

–Hace un par de días la vi saliendo de la oficina de correos, señora Driscoll –comentó él–. No llevaba bastón.

–Los bastones son para los viejos –bufó la anciana.

–Como médico, señora Driscoll, he de decirle que usted también es vieja.

La anciana se echó a reír y agitó una mano delante del rostro de Brady.

–Siempre has tenido la lengua muy afilada, Brady Tucker.

–Sí, pero ahora tengo una licenciatura en medicina que me avala –replicó él, tras ayudar a la anciana a bajar de la camilla–. Lo único que quiero es que utilice su bastón... aunque sólo sea para darle a John Hardesty una buena paliza cuando se ponga a ligar con usted.

–¡Menudo vejestorio! –musitó ella–. Y yo también lo parecería si fuera cojeando con un bastón.

–¿Acaso no es la vanidad uno de los siete pecados capitales?

–Si no es por un pecado capital, no merece la pena pecar. Ahora, sal de aquí, muchacho, para que me pueda vestir.

–Sí, señora.

Brady la dejó sola. Sabía que, por mucho que le dijera, jamás conseguiría que ella utilizara el maldito bastón. Era una de las pocas pacientes a las que no podía convencer ni intimidar.

Tras dos horas más de consulta, Brady utilizó la hora que tenía para almorzar para ir al Hospital del Condado de Washington para ver la evolución de dos pacientes. Una manzana y un bocadillo de mantequilla de cacahuete lo ayudaron a pasar la tarde. Más de uno de sus pacientes mencionó el hecho de que Vanessa Sexton hubiera regresado al pueblo. Aquella información solía ir acompañada de sonrisas y guiños de ojos. Algunos de ellos hasta le dieron un buen codazo en el estómago.

Aquello era lo malo de las localidades pequeñas. Todos lo sabían todo sobre todos y lo recordaban eternamente. Vanessa y él habían salido juntos muy brevemente hacía doce años, pero era como si en vez de estar grabado en uno de los árboles del parque de Hyattown, lo estuviera sobre hormigón armado.

Él había estado a punto de olvidarse de ella... a excepción de cuando veía su nombre o su fotografía en uno de los periódicos o cuando escuchaba uno de sus discos, que compraba para honrar los viejos tiempos.

Cuando recordaba, sus recuerdos eran principalmente los de la infancia. Eran los más dulces y los más conmovedores. Sólo habían sido unos niños que se encaminaban hacia la edad adulta a una velocidad de vértigo. Sin embargo, lo ocurrido entre ellos había sido hermoso e inocente. Largos y lentos besos en las sombras, promesas apasionadas, algunas caricias prohibidas...

No debería sentir anhelo de ellos, de Vanessa, pero, a

pesar de todo, se pasó una mano por encima del corazón.

En su momento todo había parecido demasiado intenso, principalmente porque se enfrentaban a una total oposición por parte del padre de Vanessa. Cuanto más tenía Julius Sexton en contra de su incipiente relación, más se unían. Así eran los jóvenes. Había desafiado al padre de Vanessa haciendo sufrir a la vez al suyo propio, realizando promesas y amenazas que sólo un muchacho de dieciocho años podía hacer.

Si todo hubiera sido más fácil, probablemente se habrían olvidado el uno del otro en pocas semanas.

«Mentiroso», se dijo. Nunca había estado tan enamorado como lo había estado el año que pasó con Vanessa.

Nunca habían hecho el amor. Cuando ella desapareció de su vida, se lamentó profundamente de aquel hecho. En aquel momento, con la perspectiva que daba el tiempo, se había dado cuenta de que aquello había sido lo mejor. Si hubieran sido también amantes les habría resultado mucho más difícil ser amigos al llegar a la edad adulta.

Se aseguró que aquello era lo único que deseaba. No tenía intención de permitir que Vanessa le rompiera el corazón una segunda vez.

–Doctor Tucker –le dijo una enfermera que acababa de asomar la cabeza por la puerta–. Ya ha llegado su siguiente paciente.

–Voy enseguida.

–Ah, y su padre dijo que pase a verlo antes de que se marche.

—Gracias.

Brady se dirigió a la consulta número dos, preguntándose si Vanessa estaría sentada en el balancín aquella tarde.

Vanessa llamó a la puerta de la casa de los Tucker y esperó. Observó las macetas de geranios que florecían en las ventanas. Había dos mecedoras en el porche. El doctor Tucker solía sentarse allí por las tardes en los días de verano. La gente que pasaba por delante se detenía para charlar con él o para hablarle de sus síntomas o enfermedades.

Recordaba que el doctor Tucker era un hombre muy generoso, tanto con su tiempo como con sus habilidades, como lo demostraba en el picnic que organizaba anualmente en su casa. Vanessa aún recordaba su risa y lo suaves que eran sus manos durante una exploración.

¿Qué le iba a decir cuando abriera la puerta un hombre que había ocupado un lugar muy importante durante su infancia, al hombre que la había reconfortado cuando Vanessa había llorado al ver que el matrimonio de sus padres se desmoronaba, al hombre que, en aquellos momentos, mantenía una relación sentimental con su madre?

Abrió la puerta él mismo. La observó durante un instante. Eran tan alto como recordaba. Al igual que Brady, tenía una constitución nervuda y atlética. A pesar de que su cabello oscuro se había teñido de gris, no parecía haber envejecido. Al verla, sonrió.

Sin saber qué hacer, Vanessa le ofreció una mano. Antes de que pudiera hablar, él le dio un fuerte abrazo.

–Mi pequeña Vanessa –dijo, mientras la abrazaba–. Me alegro de que hayas regresado.

–Y yo me alegro de haber regresado –afirmó Vanessa–. Lo he echado mucho de menos, de verdad...

–Déjame que te mire –pidió Ham Tucker, separándola de sí–. Vaya, vaya, vaya... Emily siempre dijo que serías una belleza.

–Oh, doctor Tucker. Siento tanto lo de la señora Tucker...

–Todos lo hemos sentido mucho. Ella siempre te seguía en periódicos y revistas, ¿sabes? Estaba decidida a tenerte como nuera. Más de una vez me dijo que tú eras la chica adecuada para Brady. Que tú lo enderezarías.

–Me parece que se ha enderezado solo.

–Eso parece. ¿Te apetece una taza de té y un trozo de pastel? –le preguntó, mientras la conducía hacia el interior de la casa.

–Me encantaría.

Vanessa se sentó a la mesa de la cocina mientras Ham preparaba y servía el té. La casa no había cambiado tampoco en el interior. Seguía tan ordenada como siempre. Todo estaba limpio y reluciente. La soleada cocina daba al jardín trasero y, a la derecha, se veía la puerta que conducía a la consulta. El único cambio que se apreciaba era la adición de un complicado sistema telefónico.

–La señora Leary prepara los mejores pasteles del

pueblo –comentó él. Estaba cortando unas gruesas porciones de pastel de chocolate.

–Veo que aún le sigue pagando con lo que prepara en su horno.

–Y te aseguro que vale su peso en oro –afirmó, tras sentarse frente a Vanessa–. Supongo que no tengo que decirte lo orgullosos que estamos todos de ti.

–No. Ojalá hubiera regresado mucho antes. Ni siquiera sabía que Joanie estaba casada. Ni lo de la niña... Lara es una niña preciosa.

–Y también es muy lista. Por supuesto, tal vez yo no sea del todo objetivo, pero no recuerdo un niño más listo y te aseguro que he visto muchos.

–Espero verla con frecuencia mientras esté aquí. A todos.

–Esperamos que te quedes mucho tiempo.

–No lo sé... –susurró, mientras observaba el té–. No lo he pensado.

–Tu madre no ha hablado de otra cosa desde hace semanas.

–Parece estar bien –comentó Vanessa tras tomar una cucharada de pastel.

–Lo está. Loretta es una mujer muy fuerte. Tiene que serlo.

Vanessa miró al doctor Tucker. Como el estómago empezó a dolerle de nuevo, habló con mucho cuidado.

–Sé que es la dueña de una tienda de antigüedades. Me resulta difícil imaginármela como empresaria.

–A ella también le resultó difícil, pero está haciéndolo muy bien. Sé que perdiste a tu padre hace unos meses.

–Murió de cáncer. Fue muy difícil para él.

–Y para ti.

–No había mucho que yo pudiera hacer... en realidad, él no me permitía hacer mucho. Básicamente, se negó a admitir que estaba enfermo. Odiaba las debilidades.

–Lo sé –dijo Tucker cubriéndole una mano con la suya–. Espero que hayas aprendido a ser más tolerante con ellos –añadió. No tuvo que explicar a qué se refería.

–Yo no odio a mi madre –suspiró Vanessa–. Simplemente no la conozco.

–Yo sí la conozco. Ha tenido una vida muy difícil, Van. Cualquier error que haya podido cometer, lo ha pagado más veces de lo que debería hacerlo una persona. Te quiere mucho. Siempre te ha querido.

–Entonces, ¿por qué me dejó marchar?

–Ésa es una pregunta que le tendrás que hacer a ella. Es tu madre la que te tiene que responder.

Con un suspiro, Vanessa se recostó en la butaca.

–Siempre venía a llorar encima de su hombro, doctor Tucker.

–Para eso están los hombros. Además, yo fui tan tonto como para creer que tenía dos hijas.

–Y las tenía –susurró ella. Parpadeó para hacer desaparecer las lágrimas y tomó un sorbo de té para tranquilizarse–. Doctor Tucker, ¿está usted enamorado de mi madre?

–Sí. ¿Te molesta?

–No debería.

–¿Pero?

–Me resulta difícil aceptarlo. Siempre me he imaginado a la señora Tucker y a usted juntos. Era una de las constantes durante mi infancia. Mis padres, tan infelices como eran juntos desde que tengo memoria...

–Eran tus padres de todos modos. Otra pareja a la que siempre te imaginabas juntos.

–Sí. Sé que no es razonable. Ni siquiera se acerca a la realidad, pero...

–Debería serlo. Querida niña, hay muchas cosas en esta vida que son injustas. Yo pasé veintiocho años de mi vida con Emily y pensaba pasarme otros veintiocho. No pudo ser. Durante el tiempo que estuve con ella, la amé de todo corazón. Tuvimos suerte de convertirnos en personas que cada uno de nosotros pudiera amar. Cuando ella murió, yo creí que una parte de mi vida se había terminado. Tu madre era la mejor y más íntima amiga de Emily y así seguí viéndola durante varios años. Entonces, se convirtió en mi mejor y más íntima amiga. Creo que Emily se habría alegrado.

–Me hace sentirme como una niña.

–En lo que se refiere a los padres, uno siempre es un niño –comentó él. Entonces, miró el plato–. ¿Ya no te gustan los dulces?

–Sí, pero no tengo mucho apetito.

–No quería sonar como un viejo gruñón, pero he de decirte que estás demasiado delgada. Loretta mencionó que no comías ni dormías bien.

Vanessa levantó una ceja. No se había dado cuenta de que su madre se hubiera percatado.

–Supongo que estoy algo nerviosa. Los últimos dos años han sido muy ajetreados.

–¿Cuándo fue la última vez que te hicieron un reconocimiento médico?

–Parece usted Brady –contestó ella, riendo–. Estoy bien, doctor Tucker. Las giras de conciertos hacen fuerte a una mujer. Sólo son nervios.

Tucker asintió, pero se prometió que estaría pendiente de ella.

–Espero que toques para mí muy pronto.

–Estoy domando el nuevo piano de mi madre. De hecho, debería volver a casa. Me he estado saltando las sesiones de práctica demasiado frecuentemente últimamente.

Justo cuando ella se levantaba, Brady entró por la puerta. Lo molestó verla allí. Además de estar todo el día metida en su pensamiento, Vanessa estaba también en aquella casa. Saludó con una breve inclinación de cabeza y miró al pastel.

–La cumplidora señora Leary –comentó, con una sonrisa–. ¿Me ibas a dejar algo, papá?

–Es mi paciente.

–Siempre se queda con lo mejor –le dijo Brady a Vanessa mientras tomaba con el dedo un poco de la crema de chocolate que ella tenía en su plato–. ¿Querías verme antes de que me marchara, papá?

–Quería que examinaras el expediente Crampton. He hecho algunas notas –respondió Ham, señalando una carpeta que había sobre la encimera.

–Gracias.

–Tengo algunas cosas de las que ocuparme –dijo Ham. Entonces, dio un beso a Vanessa y se levantó–. Vuelve pronto a verme.

–Lo haré.

–Tenemos una barbacoa dentro de dos semanas. Espero que vengas.

–No me la perdería por nada del mundo.

–Brady –le recomendó a su hijo mientras se marchaba–. Compórtate bien con esa chica.

Brady sonrió mientras la puerta se cerraba.

–Aún sigue pensando que voy a convencerte para que te vengas conmigo al asiento trasero de mi coche.

–Ya me convenciste una vez.

–Sí –susurró Brady. El recuerdo lo inquietaba–. ¿Es café lo que tomas?

–Té. Con limón.

Con un gruñido, Brady sacó la leche del frigorífico y se sirvió un enorme vaso.

–Me alegra que hayas venido a verlo. Te quiere mucho.

–El sentimiento es mutuo.

–¿Te vas a comer ese pastel?

–No. En realidad yo... ya me marchaba –dijo, al tiempo que Brady tomaba asiento y empezaba a comerse el dulce.

–¿A qué viene tanta prisa?

–No tengo prisa, pero... –contestó ella al tiempo que se levantaba.

–Siéntate.

–Veo que sigues teniendo un saludable apetito.

–Vida sana.

Vanessa sabía que debía marcharse, pero Brady parecía tan relajado y tan relajante a la vez... Él había dicho que fueran amigos. Tal vez pudieran serlo.

–¿Dónde está el perro?

–Lo he dejado en casa. Mi padre lo sorprendió ayer comiéndose los tulipanes, así que no quiere que venga.

–¿Ya no vives aquí?

–No. Yo... Me compré una parcela a las afueras. La casa se está levantando muy lentamente, pero ya tiene tejado.

–¿Te estás construyendo tu propia casa?

–Yo no diría tanto. No me puedo escapar de aquí como para emplear demasiado tiempo, pero tengo un par de tipos trabajando. Ya te llevaré para que puedas echarle un vistazo.

–Tal vez.

–¿Qué te parece ahora mismo? –le preguntó Brady, mientras se levantaba y colocaba los platos en el fregadero.

–Oh, bueno... En realidad tengo que regresar a casa...

–¿Para qué?

–Para practicar.

–Ya practicarás más tarde.

Era un desafío. Los dos lo sabían y lo comprendían. Los dos estaban decididos a demostrar que podían estar en la compañía del otro sin despertar viejos anhelos.

–Muy bien, pero te seguiré en mi coche. Así no tendrás que volver a traerme.

–De acuerdo.

Brady la agarró por el brazo y la acompañó al exterior. Cuando Vanessa se marchó del pueblo, él tenía un Chevrolet de segunda mano. En aquellos momentos, conducía un todoterreno. Después de conducir durante varios kilómetros, cuando llegaron a una empinada colina, Vanessa comprendió el porqué. El camino estaba lleno de baches y la grava salía disparada de debajo de las ruedas. Tras tomar una pronunciada curva, se detuvo en seco detrás de Brady.

El perro se acercaba corriendo a saludarlos. Efectivamente, la estructura de la casa estaba en pie. No parecía que Brady fuera a contentarse con una pequeña cabaña en medio del bosque. Era una casa enorme, de dos plantas. Las ventanas que estaban ya colocadas eran amplias, con arcos de medio punto en la parte superior. Desde ellas, se admiraría una majestuosa vista de las Blue Mountains. El terreno, cubierto de escombros, bajaba hasta un arroyo. Cuando todo estuviera acondicionado, resultaría espectacular.

–Es fabuloso –comentó ella–. Es un lugar magnífico.

–Eso pienso yo –admitió Brady. Agarró a Kong por el collar antes de que pudiera abalanzarse sobre Vanessa.

–No importa –afirmó ella. Entonces, se inclinó para acariciar la cabeza del animal–. Hola, amigo. Hola, grandullón. Aquí tienes mucho sitio para corretear, ¿verdad?

–Casi cinco hectáreas. Voy a dejar la mayor parte intacta –comentó Brady. Verla juguetear con su perro le hacía sentir una extraña sensación en el corazón.

–Me alegro. No me gustaría que tocaras los bosques. Casi se me había olvidado lo maravillosos que son. ¡Qué tranquilidad!

–Acompáñame. Te lo enseñaré todo.

–¿Cuánto tiempo hace que compraste la tierra?

–Casi un año –contestó él mientras atravesaban el pequeño puente de madera que cruzaba el arroyo–. Ten cuidado. Todo está muy sucio –añadió, tras mirar los elegantes zapatos italianos que ella llevaba puestos–. Espera.

La tomó en brazos y la ayudó a superar los montones de escombros. Vanessa sintió la fuerza de los músculos de Brady y él la firmeza de las piernas de ella.

–No tenías que... –dijo ella, justo cuando él la dejaba de nuevo en el suelo, delante de una puerta–. Sigues siendo un poco chulo, ¿verdad?

–Por supuesto.

Ya en el interior de la casa, vio el esqueleto de lo que ésta iba a ser. Había herramientas y máquinas por todas partes. En la pared norte, ya estaba construida una enorme chimenea. Unas escaleras temporales conducían a la planta superior.

–Éste es el salón –explicó él–. Yo quería tener mucha luz. La cocina está ahí.

Indicó un generoso espacio que salía de la habitación en la que se encontraban. Había una ventana por encima del fregadero que daba hacia los bosques. Una cocina y un frigorífico estaban colocados entre las encimeras sin terminar.

–La puerta será un arco, para seguir la línea de las ventanas. Y otro arco dará al comedor.

–Parece un proyecto muy ambicioso.

–Sólo tengo intención de construirme mi casa una

vez –dijo. Le agarró la mano y le mostró el resto de la planta–. Éste es el cuarto de baño. Tu madre me encontró un estupendo lavabo de porcelana. Esta habitación es una especie de leonera, supongo. Libros, mi equipo de música... Por cierto, ¿te acuerdas de Josh McKenna?

–Claro. Era tu amigo.

–Ahora es socio de una firma de construcción. Está realizando todas estas estanterías de obra él solo.

–¿Josh? –preguntó Vanessa, atónita. Eran preciosas.

–También diseñó los armarios de la cocina. Van a ser algo especial. Ahora, vamos arriba. La escalera es algo estrecha, pero es muy resistente.

Mientras subían, Vanessa vio que había más arcos y ventanas por todas partes. La habitación principal incluía un enorme cuarto de baño con una magnífica bañera. Aunque sólo había un colchón y una cómoda en el dormitorio, el cuarto de baño sí estaba terminado. Vanessa pasó de pisar cemento para hacerlo sobre un hermoso pavimento de cerámica.

Brady había elegido colores pasteles, con un ocasional toque de color. La enorme bañera estaba rodeada por una línea de azulejos que daba paso a un enorme ventanal. Vanessa se imaginó dándose un baño allí, con aquella hermosa vista de los bosques.

–Lo has pensado todo –comentó.

–Cuando decidí construir esta casa, decidí hacerlo bien –dijo él mientras avanzaban por el pasillo–. Hay dos dormitorios más y otro cuarto de baño. También estoy pensando poner mi despacho aquí arriba.

Todo era como de cuento de hadas. Los enormes

ventanales que había por todas partes ofrecían hermosas vistas de los bosques y de las montañas.

–Si yo viviera aquí, me sentiría como Rapunzel.

–Tienes el cabello del color equivocado –dijo Brady, tomando un mechón–. Me alegro de que no lo lleves corto. Yo soñaba con este cabello... Contigo. Durante años después de que te marcharas, no hacía más que soñar contigo. Nunca pude entenderlo –confesó.

Vanessa se dio la vuelta rápidamente y se dirigió a una de las ventanas.

–¿Cuándo crees que tendrás terminada la casa?

–Esperamos que para septiembre –contestó él. Frunció el ceño. No había pensado en Vanessa cuando diseñó la casa, ni cuando escogió los azulejos ni los colores. ¿Por qué le parecía entonces al verla allí que la casa la había estado esperando a ella?–. Van...

–Sí –dijo ella, sin volverse. Sentía un nudo en el estómago. Al ver que él no decía nada más, se dio la vuelta y sonrió–. Es un lugar fabuloso, Brady. Me alegro de que me lo hayas mostrado. Espero poder verlo cuando lo hayas terminado.

No iba a preguntarle si pensaba quedarse. No quería saberlo. No debía importarle. Sin embargo, sabía que había muchas conversaciones inacabadas entre ellos, conversaciones que debían tener lugar al menos para su propia tranquilidad.

Se acercó a ella lentamente. Vio que ella se tensaba al verle dar el primer paso. Si hubiera tenido sitio, habría dado un paso atrás.

–No... –susurró ella, cuando Brady le agarró los brazos.

–Esto va a dolerme tanto como te va a doler a ti.

Le rozó suavemente los labios con los suyos. Sintió que ella se estremecía. Sólo aquel breve contacto le hacía arder de deseo. Volvió a besarla, demorándose unos segundos más. Aquella vez, oyó que ella gemía. Brady levantó los brazos para enmarcarle el rostro y, cuando volvió a adueñarse de sus labios, las vacilaciones se desvanecieron.

Vanessa maldijo a Brady por el placer que sintió, un placer sin el que había vivido durante mucho tiempo. Ansiosa, lo estrechó contra su cuerpo y se dejó llevar. Ya no estaba besando a un muchacho, por muy hábil y apasionado que aquel muchacho hubiera sido. Ya no estaba besando a un recuerdo, por muy nítido que éste hubiera sido. En aquellos momentos, tenía a un hombre entre sus brazos. Un hombre fuerte y lleno de deseo que la conocía demasiado bien.

Cuando Vanessa separó los labios, supo perfectamente cómo sabría Brady. Cuando le agarró los hombros con fuerza, supo perfectamente cómo sería la firmeza de aquellos músculos. Con la suave luz que entraba a través de los cristales, se sintió completamente atrapada entre el pasado y el presente.

Vanessa era todo lo que él recordaba y mucho más. Él siempre había sido generoso y apasionado, pero parecía haber mucha más inocencia en aquellos momentos que en el pasado. Estaba allí, hirviendo bajo el deseo. El cuerpo de la joven temblaba contra el suyo.

Los sueños que Brady había creído olvidados regresaron de golpe y, con ellos, las necesidades, las frustraciones y las esperanzas de su juventud. Era Vanessa.

Siempre había sido Vanessa, a pesar de que nunca había podido tenerla.

Atónito por lo que había hecho, la separó de su cuerpo. Ella tenía un ligero rubor en las mejillas. Los ojos se le habían oscurecido del modo que a él lo hacía vibrar. Tenía los labios entreabiertos, suaves, sin maquillar. Las manos de Brady se habían perdido, como le había ocurrido cientos de veces antes, en el cabello de la joven. Doce años no habían podido borrar los sentimientos que ella podía hacerle experimentar con una mirada.

–Me lo temía –murmuró él. Tenía que mantener la cordura. Necesitaba pensar–. Siempre fuiste capaz de hacer que se me detuviera el corazón, Vanessa.

–Esto es una estupidez... Ya no somos unos niños... –susurró ella, dando un paso atrás.

–Exactamente.

–Brady, lo nuestro terminó hace mucho tiempo.

–Aparentemente no. Podría ser que simplemente tenemos que sacárnoslo de dentro.

–Yo no tengo que sacarme nada de dentro –mintió–. Sólo tienes que preocuparte de ti. A mí no me interesa volver a meterme en el asiento trasero de tu coche.

–Eso podría resultar bastante interesante –comentó él, con una sonrisa–, pero yo tenía en mente un lugar mucho más cómodo.

–Sea cual sea el lugar, la respuesta sigue siendo no.

Vanessa se dirigió hacia la escalera. Él la agarró rápidamente por el brazo antes de que pudiera bajar.

–La última vez que me dijiste no, tenías dieciséis

años. Por mucho que yo lo lamente, tengo que decirte que tenías razón. Los tiempos han cambiado y, ahora, los dos somos personas adultas.

–Que seamos adultos no significa que yo me voy a meter de un salto en tu cama –le espetó ella.

–Pero sí significa que yo me tomaré el tiempo y las molestias necesarias para hacer que cambies de opinión.

–Sigues siendo un estúpido egoísta, Brady.

–Y tú sigues dedicándome esa clase de apelativos cuando sabes que tengo razón –replicó él. Tiró de ella y le dio un beso duro y breve–. Sigo deseándote, Van, y te juro que esta vez voy a tenerte.

Ella vio la sinceridad que Brady tenía reflejada en los ojos justo antes de apartarse de él.

–Vete al infierno.

Se dio la vuelta y bajó corriendo la escalera. Brady observó desde la ventana cómo cruzaba el puente a toda prisa y se dirigía a su coche. A pesar de la distancia, oyó que cerraba la puerta con fuerza. Sonrió. Vanessa siempre había tenido muy mal genio. Se alegraba de ver que seguía siendo así.

IV

Vanessa aporreaba las teclas del piano. Tocaba una pieza de Tchaikovsky, el primer movimiento de un concierto para piano. Estaba realizando una apasionada interpretación de una composición muy romántica. Gracias a la música conseguía sacar la violencia que le bullía en su interior.

Brady no había tenido derecho alguno a hacerla volver atrás, a obligarla a enfrentarse a sentimientos que deseaba olvidar. Lo peor era que le había demostrado que eran mucho más intensos y profundos al ser una mujer.

Él no significaba nada para ella. No era más que un viejo conocido, un amigo de la infancia. No permitiría que volviera a hacerle daño. Nunca jamás volvería a permitir que nadie ejerciera sobre ella el poder que Brady había disfrutado una vez.

Se olvidaría de aquellos sentimientos. Si había algo que había aprendido a lo largo de todos aquellos años de viajes y trabajo era que ella era la única responsable de sus sentimientos.

Dejó de tocar y permitió que los dedos le descansaran sobre las teclas. Aunque no podía decir que se sintiera serena, estaba agradecida por, al menos, haber podido exorcizar con la música la mayor parte de su ira y frustración.

–Vanessa –le dijo su madre desde la puerta.

–No sabía que estabas en casa –respondió ella.

–Entré mientras estabas tocando. ¿Te encuentras bien? –le preguntó, algo preocupada.

–Sí, claro que sí. Lo siento. He perdido toda noción del tiempo.

–No importa. La señora Driscoll pasó por la tienda antes de que cerrara. Me dijo que te vio yendo a la casa de Ham Tucker.

–Ya veo que aún tiene vista de lince.

–Y sigue siendo bastante entrometida. Entonces, fuiste a visitar a Ham –dedujo Loretta, con una ansiosa sonrisa en los labios.

–Sí –respondió Vanessa, sin levantarse del taburete del piano–. Tiene un aspecto maravilloso. Casi no ha cambiado. Nos tomamos un trozo de pastel y un té en la cocina.

–Me alegro de que hayas ido a visitarlo. Siempre te ha querido mucho.

–Lo sé. ¿Por qué no me dijiste que tenías una relación con él? –preguntó, tras armarse de valor.

Loretta se llevó la mano al collar de perlas y se lo retorció con gesto nervioso.

–Supongo que no estaba segura de cómo decírtelo.

De cómo explicártelo. Pensé que te pondrías... que te sentirías extraña al volver a verlo si sabías que nosotros...

–Tal vez pensaste que no era asunto mío –replicó Vanessa.

–No, claro que no. Oh, Van... –susurró Loretta. Rápidamente se acercó a su hija.

–Bueno, después de todo no lo es. Mi padre y tú llevabais divorciados muchos años antes de que él muriera. Eres muy libre de escoger nuevo acompañante.

La censura que notó en la voz de Vanessa hizo que Loretta sintiera una profunda tristeza. Había muchas cosas de las que se lamentaba, pero su relación con Abraham Tucker no era una de ellas.

–Tienes razón –dijo, cuando hubo recuperado la compostura–. No me siento avergonzada ni culpable por estar saliendo con Ham. Somos adultos y los dos estamos libres. Tal vez al principio me pareció extraño lo que empezó entre nosotros, por Emily. Ella fue mi mejor y más querida amiga, pero ya había muerto y tanto Ham como yo estábamos solos. Tal vez el hecho de que los dos adoráramos a Emily tuvo que ver con que empezáramos nuestra relación. Me siento muy orgullosa de lo que él siente por mí. Durante los últimos años, me ha dado algo que nunca he tenido de otro hombre. Comprensión.

Se dio la vuelta y subió corriendo las escaleras. Estaba delante de la cómoda, quitándose las joyas, cuando Vanessa abrió la puerta.

–Si te he parecido demasiado crítica, te ruego que me disculpes.

Loretta se quitó el collar y lo depositó con brusquedad sobre la cómoda.

–No quiero que te disculpes con tanta cortesía, como si fueras una desconocida, Vanessa. Eres mi hija. Preferiría que me gritaras o que dieras portazos o que te encerraras en tu dormitorio tal y como solías hacerlo entonces.

–Estuve a punto de hacerlo –afirmó Vanessa. Entró en el dormitorio. Se sentía más tranquila y muy avergonzada, por lo que eligió sus palabras con mucho cuidado–. No me disgusta tu relación con el doctor Tucker, pero sí me sorprendió. Lo que te he dicho antes es cierto. No es asunto mío.

–Van...

–No, por favor. Cuando llegué aquí, pensé que nada había cambiado, pero me equivocaba. Me va a resultar muy difícil aceptar ese hecho. Me resulta difícil aceptar que hayas seguido con tu vida tan fácilmente.

–He seguido con mi vida, sí, pero no fácilmente.

De repente, Vanessa la miró con los ojos llenos de pasión.

–¿Por qué me dejaste marchar?

–No tuve elección. En aquel momento, traté de creer que era lo mejor para ti. Lo que tú deseabas.

–¿Lo que yo deseaba? –replicó ella, airada–. ¿Me preguntó alguien alguna vez qué era lo que yo deseaba?

–Yo lo intenté. En todas las cartas que te escribí, te supliqué que me dijeras si eras feliz, si querías regresar a casa. Cuando me las devolviste sin abrir, comprendí muy bien tu respuesta.

El rostro de Vanessa palideció súbitamente mientras miraba muy fijamente a Loretta.

–Tú nunca me escribiste.

–Te escribí durante años, con la esperanza de que al menos te apiadaras de mí lo suficiente como para abrir una de mis cartas.

–No hubo ninguna carta –afirmó Vanessa, apretando los puños.

Sin decir ni una palabra, Loretta abrió un pequeño baúl que tenía a los pies de la cama. Sacó una caja y retiró la tapa.

–Las he guardado todas.

Vanessa miró el interior de la caja y vio docenas y docenas de cartas, dirigidas a los hoteles en los que ella se había alojado por toda Europa y los Estados Unidos. Sintió que el estómago se le revolvía, por lo que tuvo que sentarse sobre la cama.

–No las viste nunca, ¿verdad? –murmuró Loretta. Vanessa negó con la cabeza–. Tu padre me negó hasta algo tan insignificante como una carta...

Con un suspiro, Loretta volvió a dejar la caja en el baúl.

–¿Por qué? –preguntó Vanessa, con la voz desgarrada–. ¿Por qué evitó que viera tus cartas?

–Tal vez pensó que yo interferiría con tu carrera. Se equivocaba –afirmó–. Yo nunca te habría impedido que alcanzaras algo que deseabas y que te merecías tanto. A su modo, te estaba protegiendo a ti y castigándome a mí.

–¿Por qué?

Loretta se dio la vuelta y se acercó a la ventana.

–Maldita sea, tengo derecho a saberlo –añadió Vanessa, llena de furia. Se levantó y se acercó a la ventana. Entonces, un dolor inesperado le hizo agarrarse con fuerza el estómago.

–Vanessa, ¿qué te pasa? –le preguntó Loretta muy alarmada. Rápidamente la obligó a sentarse en la cama.

–No es nada –susurró ella apretando los dientes para dominar el dolor–. Es sólo un espasmo.

–Voy a llamar a Ham.

–No –le ordenó Vanessa, tras agarrarle el brazo con firmeza–. No necesito ningún médico. Sólo es estrés. Además, me puse de pie demasiado rápido.

–A pesar de todo, no te hará ningún daño que él te examine –insistió Loretta–. Van, estás tan delgada –añadió, tras rodearle los hombros con un brazo.

–He pasado mucho este último año. Mucha tensión. Por eso, he decidido tomarme unos meses de descanso...

–Sí, pero...

–Sé lo que me pasa. Y estoy bien.

Loretta apartó el brazo al notar la frialdad con la que le hablaba Vanessa.

–Muy bien. Ya no eres ninguna niña.

–No, no lo soy. Y me gustaría tener respuestas. ¿Por qué te estaba castigando mi padre?

Loretta se tomó un momento para armarse de valor. Cuando habló, su voz resonó fuerte y tranquila.

–Por haberlo traicionado con otro hombre.

Durante un instante, Vanessa se quedó atónita. Su madre acababa de confesarle que había cometido adulterio.

–¿Estás diciéndome que tuviste una aventura?

–Sí... Hubo otro hombre... Ya no importa. Mantuve con él una relación de casi un año antes de que os fuerais a Europa.

–Entiendo...

Loretta lanzó una frágil y cortante carcajada.

–Estoy segura de ello, así que no me molestaré ofreciendo excusas o explicaciones. Rompí las promesas que realicé el día que me casé y he estado doce años pagando.

Vanessa levantó la cabeza. No sabía si comprender o condenar a su madre.

–¿Estabas enamorada de él?

–Lo necesitaba. Hay una gran diferencia.

–No te volviste a casar.

–No. En aquellos momentos lo que los dos queríamos no era casarnos.

–Entonces, sólo fue sexo. Engañaste a tu marido sólo por sexo –replicó ella.

Una miríada de sentimientos se reflejó en el rostro de Loretta antes de que volviera a tranquilizarse.

–Ése es el denominador menos común. Tal vez ahora que eres una mujer me comprenderás, aunque no puedas perdonarme.

–No comprendo nada –le espetó Vanessa. Se puso de pie–. Necesito pensar. Voy a darme un paseo en coche.

Cuando estuvo a solas, Loretta se sentó sobre la cama y dejó de contener las lágrimas.

Vanessa estuvo conduciendo durante horas, recorriendo carreteras que recordaba de su infancia. Algunas de las viejas granjas se habían vendido y se habían parcelado desde entonces. Casas y jardines se extendían por lo que, hacía unos años, habían sido campos de trigo o de avena. Al verlas, experimentó un profundo sentimiento de pérdida, el mismo dolor que sentía cuando pensaba en su familia.

Se preguntó si habría podido entender aquella infidelidad en otra mujer. No estaba segura. Además, no se trataba de otra mujer, sino de su propia madre.

Cuando llegó al sendero que llevaba a la casa de Brady, era muy tarde. No sabía por qué había ido allí, a verlo a él, pero necesitaba que alguien la escuchara.

Tenía las luces encendidas. Oyó que el perro ladraba desde el interior de la casa. Con mucho cuidado, volvió a recorrer los pasos que la habían alejado de allí aquella misma tarde, cuando había huido de él y de sus propios sentimientos. Antes de que pudiera llamar, Brady le abrió la puerta.

–Hola.

–He salido a dar un paseo en coche –dijo, sintiéndose completamente estúpida–. Lo siento. Es muy tarde.

–Entra, Van –respondió él. Le tomó la mano mientras el perro le olisqueaba los pantalones y movía la cola–. ¿Te apetece tomar algo?

–No... –contestó. Vio que él tenía los antebrazos cubiertos de una fina película de polvo. Reprimió una estúpida necesidad de ayudarlo a limpiarse–. Estás ocupado.

–Sólo estaba lijando una pared. Te aseguro que es una ocupación muy relajante. ¿Quieres probar? –le preguntó mientras le ofrecía una hoja de lija.

–Tal vez más tarde –comentó ella, con una ligera sonrisa.

Brady se dirigió al frigorífico y sacó una cerveza. La miró y señaló la lata muy significativamente.

–¿Estás segura?

–Sí, tengo que conducir y no me puedo quedar mucho tiempo.

Brady abrió la lata y tomó un largo trago. La cerveza fría lo ayudó a quitarse el polvo que le cubría la garganta... y el nudo que se le había formado al verla llegar.

–Supongo que has decidido que no vas a seguir enfadada conmigo.

–No lo sé –susurró ella. Se acercó a la ventana más alejada–. Ya no sé lo que siento sobre nada.

Brady conocía muy bien aquel gesto, aquel tono de voz. Era el mismo que le había visto años antes, cuando se escapaba de casa tras presenciar una de las discusiones de sus padres.

–¿Por qué no me lo cuentas?

–No debería haber venido –susurró ella–. Es como caer en una vieja rutina...

–Mira, ¿por qué no te sientas?

–No, no puedo –musitó Vanessa. Lo único que Brady podía ver de su rostro era el pálido reflejo de éste sobre el cristal–. Mi madre me ha dicho que tuvo una aventura antes de que mi padre me llevara a Europa. Tú ya lo sabes, ¿verdad?

–No lo sabía cuando te marchaste –confesó él–. Todo salió a la luz poco después. Ya sabes lo que ocurre en localidades pequeñas como ésta...

–Mi padre sí lo sabía. Mi madre me lo confesó poco más o menos. Esa debió de ser la razón por la que me sacó de aquí del modo en el que lo hizo. Por eso mi madre no nos acompañó.

–No sé lo que ocurrió entre tus padres, Van. Si necesitas saber algo, deberías preguntárselo a Loretta.

–No sé qué decirle. No sé lo que preguntar... En todos esos años, mi padre nunca me dijo nada.

Aquello fue algo que no sorprendió a Brady, aunque dudaba que los motivos de Julius hubieran sido altruistas.

–¿Qué más te dijo tu madre?

–¿Qué más me podía decir? –replicó ella.

Brady guardó silencio durante un instante.

–¿Le preguntaste por qué?

–No tuve que hacerlo. Me dijo que ni siquiera había amado a aquel hombre. Fue sólo algo físico. Sexo.

–Vaya, en ese caso supongo que deberíamos sacarla a rastras a la calle y pegarle un tiro –repuso él.

–No se trata de ninguna broma –le espetó Vanessa–. Ella engañó a su marido. Lo hizo mientras estaban viviendo juntos, mientras ella fingía ser parte de una familia.

–Todo eso es cierto. Considerando la clase de mujer que es Loretta, me parece que tuvo que tener muy buenas razones... Me sorprende que tú no hayas pensado eso.

–¿Cómo puedes justificar el adulterio?

–No lo justifico, pero hay muy pocas situaciones que sean blanco o negro. Creo que una vez que superes la conmoción y la sorpresa que te ha causado esta noticia, querrás saber lo que hay en las zonas grises.

–¿Cómo te sentirías tú si hubiera sido tu madre o tu padre?

–Fatal –admitió Brady. Dejó la cerveza a un lado–. ¿Quieres que te dé un abrazo?

Vanessa sintió que los ojos se le llenaban de lágrimas.

–Sí –susurró a duras penas. Muy agradecida, se dejó abrazar por Brady.

Él la estrechó con suavidad contra su cuerpo y comenzó a acariciarle dulcemente la espalda. Ella lo necesitaba en aquellos momentos, aunque su necesidad era sólo de amistad. A pesar de que sus sentimientos fueran por otro lado, no le podía negar aquel consuelo. Le rozó el cabello con los labios, encantado por su textura, por su aroma y por su rico color. Vanessa lo abrazaba con fuerza. Había colocado la cabeza justo debajo de la de él. Parecía encajar tan perfectamente...

Brady parecía tan sólido... Vanessa se preguntó cómo un muchacho tan atolondrado podía haberse convertido en un hombre en el que se podía confiar tan plenamente. Sin que ella se lo hubiera pedido, le estaba dando exactamente lo que necesitaba. Cerró los ojos y pensó lo fácil que sería volver a enamorarse de él.

–¿Te sientes mejor?

Vanessa no sabía si mejor, pero decididamente estaba sintiendo. Las caricias hipnóticas de las manos de Brady, el firme latido de su propio corazón...

Levantó la cabeza lo suficiente para verle los ojos. Vio comprensión en ellos y una fuerza que parecía haberse desarrollado durante el tiempo que había estado sin él.

–No sé si has cambiado o si eres el mismo.

–Un poco de las dos cosas. Me alegro de que hayas regresado.

–No iba a hacerlo –suspiró ella–. No iba a volver a acercarme a ti. Cuando estuve aquí antes, me enfadé porque me hiciste recordar... y lo que recordé fue que, en realidad, nunca había olvidado.

Brady sabía que, si ella seguía mirándolo así durante unos segundos más, él se olvidaría de que ella había ido allí buscando un amigo.

–Van... creo que deberías tratar de arreglar esto con tu madre. ¿Por qué no te llevo a tu casa?

–No quiero irme a mi casa esta noche... Deja que me quede contigo –añadió, sin poder evitarlo.

–No creo que sea una buena idea...

–Pues hace unas pocas horas sí que te lo pareció –replicó ella, soltándose de él–. Aparentemente, sigues hablando demasiado sin hacer nada.

–Y tú aún sabes qué teclas apretar –repuso él, furioso.

–Y tú no.

–Eres una niña consentida. Lo que tendría que hacer es arrastrarte al dormitorio y hacerte el amor hasta que te quedaras ciega, sorda y muda.

Vanessa sintió que la excitación se mezclaba con la alarma. ¿Qué sentiría al experimentar tanta pasión? ¿Acaso no se lo había preguntado desde que volvió a verlo? Tal vez era el momento de correr riesgos.

–Me gustaría ver cómo lo intentas...

Brady sintió que el deseo se apoderaba de él. Para defenderse de lo que estaba sintiendo, dio un paso atrás.

–No me tientes, Van...

–Si tú no me deseas, ¿por qué...?

–Sabes perfectamente que te deseo –gruñó mientras se daba la vuelta para no mirarla–. Maldita sea, sabes que siempre te he deseado. Me haces sentir como si volviera a tener dieciocho años. Mantente alejada de mí –bufó, cuando sintió que Vanessa daba un paso al frente. Agarró su cerveza y le dio un largo trago–. Te puedes quedar con la cama –añadió, algo más tranquilo–. Tengo un saco de dormir que puedo utilizar aquí.

–¿Por qué?

–El momento es el peor posible –replicó. Arrojó la botella a un contenedor metálico, donde se hizo mil pedazos–. Por Dios, si vamos a volver a intentarlo, tenemos que hacerlo bien. Esta noche, estás disgustada, confusa y triste. Estás enfadada con tu madre y no voy a consentir que me odies también a mí por haberme aprovechado de todo eso.

Vanessa se miró las manos y comprendió que Brady tenía razón.

–Los momentos nunca han sido los adecuados para nosotros, ¿verdad?

–Llegará el momento que lo será, te lo aseguro. Puedes contar con ello. Ahora, es mejor que subas al dormitorio. Comportarme de un modo tan noble me pone malo.

Vanessa asintió y empezó a subir las escaleras. De repente, se detuvo y se dio la vuelta.

–Brady, siento mucho que seas un tipo tan bueno.

–Sí, yo también.

–No me refería a lo de esta noche. Tienes razón sobre lo de esta noche. Lo siento porque me recuerda lo loca que estuve por ti. Y la razón de ello.

Brady guardó silencio. Entonces, mientras ella seguía subiendo la escalera, se apretó una mano contra el vientre.

–Muchas gracias –se dijo a sí mismo–. Eso es justo lo que necesitaba escuchar para asegurarme de que no duermo nada esta noche.

Vanessa estaba tumbada en la cama de Brady, envuelta en sus sábanas. El perro lo había abandonado a él para dormir a los pies de la joven. Mientras observaba la profunda oscuridad del bosque, podía escuchar los suaves ronquidos caninos.

¿Habría sido capaz de acostarse con él en aquella cama? Una parte de ella lo había deseado, la parte que había estado esperando todos aquellos años como si sólo él pudiera hacerla sentir.

Sin embargo, cuando se le ofreció, lo hizo en contra de su propio instinto de supervivencia. Aquella misma tarde se había alejado de él, airada, incluso sintiéndose insultada, por la arrogante insistencia de Brady en que se convirtieran en amantes. ¿Qué sentido tenía haber regresado horas más tarde para pedirle aquello precisamente?

No tenía ningún sentido.

Brady siempre la había confundido. Siempre había sido capaz de hacer que ella se olvidara del sentido común. Afortunadamente, su frustración se aplacó un poco por la gratitud que sintió al saber que él la comprendía mejor que ella misma.

Durante todos los años que había pasado lejos de allí, en todas las ciudades en las que había estado, ni uno de los hombres que la habían acompañado la había tentado para que abriera los cerrojos de las defensas que tan fieramente protegían sus sentimientos. Sólo Brady. ¿Qué iba a hacer al respecto?

Estaba casi segura de que si conseguía que las cosas permanecieran como estaban hasta entonces podría marcharse tal y como había llegado cuando fuera el momento. Si era capaz de pensar en él tan sólo como amigo, podría marcharse sin mirar atrás. Sin embargo, si se convertía en su amante, en su primer y único amante, los recuerdos la perseguirían a lo largo de toda la vida.

Con un suspiro, admitió que había más. No quería hacerle daño. Por muy furiosa que le pusiera, por mucho daño que le hiciera, no quería causarle verdadero dolor. Si él había sido lo suficientemente amable como para dejar que se escondiera en su casa durante unas horas, ella le devolvería el favor asegurándose de mantener una distancia razonable entre ambos.

No. No se convertiría en su amante ni en la de ningún otro hombre. Tenía el ejemplo de su madre. Cuando Loretta se echó un amante, arruinó tres vidas. Vanessa sabía que su padre nunca había sido feliz. Sólo había vivido empujado por la amargura y por la obsesión que sentía por la carrera de su hija. Nunca había perdonado a su esposa por aquella traición. ¿Por qué si no había impedido que ella recibiera las cartas que su madre le había escrito? ¿Por qué si no nunca había vuelto a mencionar su nombre?

Cuando el dolor que le corroía el estómago se fue haciendo más agudo, se acurrucó sobre sí misma. De algún modo, trataría de aceptar lo que su madre había hecho y lo que no había hecho. Cerró los ojos y escuchó cómo un búho ululaba en los bosques y el retumbar distante de los truenos en las montañas.

Se despertó al rayar el alba por el sonido de la lluvia sobre el tejado. Aunque se sentía muy cansada, se incorporó y observó la oscuridad.

El perro se había marchado, aunque aún notaba el calor que el cuerpo del animal había dejado sobre las sábanas. Era hora de que ella también se marchara.

La enorme bañera resultaba muy tentadora, pero se recordó que debía ser práctica, por lo que se tomó una ducha. Diez minutos después, bajaba por las escaleras.

Brady estaba tumbado boca abajo, metido aún en el saco de dormir. Con el perro sentado pacientemente al lado, componía una imagen que partía el corazón.

Cuando llegó al pie de las escaleras, Kong comenzó

a mover la cola. Ella se llevó un dedo a los labios para advertirle que guardara silencio, pero, evidentemente, el perro no entendía el lenguaje por señas. Lanzó un par de alegres ladridos y empezó a lamerle la cara a Brady. Él lanzó una maldición y apartó la cabeza del perro de la suya.

–Vete tú solo a dar un paseo, maldita sea. ¿Es que no sabes reconocer un hombre muerto cuando ves a uno?

Sin darse por aludido, Kong se sentó encima de él.

–Ven aquí, Kong –susurró ella. Se dirigió a la puerta y la abrió.

Encantado de que alguien entendiera sus necesidades, Kong salió correteando al exterior a pesar de la copiosa lluvia. Cuando Vanessa se dio la vuelta, vio que Brady se había incorporado. Con ojos agotados, la observó entre guiños.

–¿Cómo puede ser que tengas tan buen aspecto?

Vanessa pensó que se podría haber dicho lo mismo sobre él. Tal y como había afirmado, había engordado un poco. Su torso desnudo parecía firme como una roca y mostraba unos hombros esbeltos pero muy musculados. Como los nervios se le estaban exaltando un poco, decidió concentrarse exclusivamente en el rostro. ¿Por qué parecía mucho más atractivo sin afeitar y con el cabello revuelto?

–He utilizado tu ducha. Espero que no te importe –dijo, con una sonrisa–. Te agradezco mucho que me hayas dejado dormir aquí esta noche, Brady. De verdad. ¿Podría compensarte preparándote una taza de café?

–¿Cómo de rápido me la puedes preparar?

–Más que el servicio de habitaciones –respondió ella. Se fue directamente a la cocina, donde encontró un recipiente de cristal y un filtro de plástico–. No obstante, creo que esto está un poco por encima de mí.

–Calienta un poco de agua en el hervidor. Yo te indicaré lo que tienes que hacer.

Rápidamente, Vanessa abrió el grifo.

–Siento mucho todo esto –dijo–. Sé que anoche impuse mi presencia y que tú te comportaste...

Se detuvo al ver que Brady se había levantado y que se estaba abrochando los vaqueros a la cintura. La boca se le quedó seca.

–Como un estúpido –dijo Brady, terminando así la frase por ella, mientras se subía la cremallera–. Como un loco.

–No, fuiste muy comprensivo –consiguió decir ella.

–No lo menciones más –comentó Brady. Se dirigía hacia la cocina, hacia ella–. He tenido una noche entera para lamentarlo.

Vanessa levantó una mano para llevarla a la mejilla de Brady, pero la retiró rápidamente cuando vio cómo se le oscurecían los ojos.

–Deberías haberme dicho que me fuera a casa. Fue una tontería por mi parte no hacerlo. Estoy segura de que mi madre está muy preocupada.

–La llamé cuando te fuiste al dormitorio.

–Eres mucho más amable que yo –susurró Vanessa, mirando al suelo.

Brady no quería su gratitud ni su arrepentimiento. Sin poder evitar sentirse enojado, le dio un filtro de papel.

–Coloca esto en el cono de plástico y ponlo todo sobre la cafetera de cristal. Seis cucharadas de café en el filtro. A continuación, vierte por encima el agua hirviendo. ¿Entendido?

–Sí.

–Estupendo. Volveré dentro de un momento.

Mientras Brady subía las escaleras, ella siguió con los preparativos del café. Le encantaba su rico aroma y deseó no haber tenido que dejar de beberlo. La cafeína ya no parecía sentarle bien.

Estaba aún terminando de preparar el café cuando Brady volvió a bajar. Tenía el cabello mojado y a su alrededor flotaba el suave aroma del jabón. Le sonrió.

–Creo que ésa ha sido la ducha más rápida de la historia.

–Aprendí a darme prisa cuando trabajaba en el hospital –respondió. Desgraciadamente para él, también podía oler el aroma del champú en el cabello de Vanessa–. Voy a dar de comer a Kong –añadió bruscamente. Entonces, se marchó.

Cuando regresó, vio que Vanessa estaba mirando el café, que casi había terminado de pasar por el filtro.

–Recuerdo que teníais una de estas cafeteras en casa de tus padres.

–Mi madre siempre hacía café. El mejor.

–Brady, aún no te he dicho lo mucho que lo siento. Sé lo unido que estabas a tu madre.

–Ella nunca dejó de apoyarme. Probablemente debería haberlo hecho en más de una ocasión, pero nunca lo hizo –afirmó mirando fijamente los ojos de Vanessa–. Supongo que las madres no lo hacen nunca.

Aquellas palabras hicieron que Vanessa se sintiera incómoda. Se dio la vuelta.

–Creo que ya está listo –dijo. Cuando vio que Brady sacaba dos tazas, negó con la cabeza–. No, yo no quiero. Gracias. Lo he dejado.

–Como médico, te diría que has hecho muy bien –comentó él mientras se servía una taza–. Como ser humano, tengo que preguntarte cómo logras funcionar durante el día.

–Sólo empiezo algo más lento –respondió ella, con una sonrisa–. Tengo que marcharme.

Brady se limitó a poner una mano sobre la encimera para bloquearle el paso. La miraba muy fijamente.

–No has dormido bien.

–Yo diría que somos dos.

–En ese caso, quiero que me hagas un favor.

–Si puedo...

–Vete a casa, métete en la cama y no te levantes hasta mediodía.

–Tal vez lo haga.

–Si esas ojeras no han desaparecido dentro de cuarenta y ocho horas, te mandaré a mi padre.

–Vuelves a hablar más de lo que debes.

–Sí –afirmó él. Dejó la taza de café y colocó la otra mano también sobre la encimera, de modo que la encajonó completamente–. Me parece recordar algún comentario que hiciste anoche al respecto.

–Estaba tratando de que te enfadaras –replicó ella. Como no podía apartarse, se mantuvo firme.

–Pues lo conseguiste –dijo. Se acercó un poco más, tanto que los muslos se rozaron.

–Brady, no tengo tiempo ni paciencia para esto. Tengo que marcharme.

–Muy bien. Despídete de mí con un beso.

–No quiero.

–Claro que quieres –susurró él. Le rozó suavemente la boca con la suya antes de que ella apartara el rostro–, pero tienes miedo.

–Nunca te he tenido miedo.

–No, pero has aprendido a tener miedo de ti misma.

–Eso es ridículo.

–Demuéstralo.

Furiosa, Vanessa acercó la boca a la de él, dispuesta a darle un beso breve y sin alma. Sin embargo, se le formó un nudo en la garganta casi inmediatamente. Brady no utilizó presión alguna, tan sólo la suave y dulce persuasión. Tenía los labios cálidos y la lengua trazó hábilmente la boca de Vanessa antes de introducirse en su interior para turbarla y tentarla.

Tras susurrar un silencioso murmullo, ella levantó las manos y las deslizó sobre el torso desnudo de Brady. La piel era suave y fresca...

Él le mordisqueó suavemente los labios, inundándose de su sabor. Necesitó todo el control que pudo ejercer sobre sí mismo para no apartar las manos de la encimera. Sabía que si la tocaba una vez, ya no podría parar.

Lentamente, mientras aún le quedaba una brizna de fuerza de voluntad a la que aferrarse, se apartó de ella.

–Quiero verte esta noche, Van.

–No sé... –susurró ella. La cabeza no dejaba de darle vueltas.

–Entonces, piénsalo. Llámame cuando te hayas decidido –dijo Brady, tras volver a tomar su taza.

De repente, la confusión de Vanessa se esfumó y se vio reemplazada por la ira.

–No pienso jugar ningún juego.

–Entonces, ¿qué diablos estás haciendo?

–Tan sólo estoy tratando de sobrevivir.

Agarró el bolso y salio de la casa para desaparecer en medio de la lluvia.

V

Cuando aparcó el coche delante de la casa de su madre, Vanessa decidió que lo de irse a la cama era una idea estupenda. Tal vez si cerraba las contraventanas, ponía el volumen de la música muy bajo y se obligaba a relajarse, podría recuperar el sueño que había perdido la noche anterior. Cuando se sintiera más descansada, tendría una idea más clara de lo que decirle a su madre.

Se preguntó si unas cuantas horas de sueño podrían resolver también los sentimientos que tenía hacia Brady. Merecía la pena intentarlo.

Salió del coche. Cuando oyó que alguien la llamaba por su nombre, se dio la vuelta. La señora Driscoll se dirigía hacia ella muy lentamente, con el bolso y el correo en una mano y un enorme paraguas en la otra.

–Señora Driscoll, me alegro mucho de verla.

–Ya me habían dicho que habías regresado –dijo la

anciana, observándola atentamente–. Estás demasiado delgada.

Vanessa se echó a reír y se inclinó sobre ella para darle un beso en la mejilla. Como siempre, la antigua maestra olía a lavanda.

–Usted tiene muy buen aspecto.

–Ni que lo digas. Ese grosero de Brady me ha dicho que necesito bastón. Cree que es médico. Agárrame esto.

Con un brusco movimiento le dio a Vanessa el paraguas. Entonces, abrió el bolso y metió el correo dentro.

–Ya iba siendo hora de que regresaras a casa, Vanessa –le dijo cuando hubo terminado–. ¿Vas a quedarte?

–Bueno, no he...

–Ya iba siendo hora de que le prestaras un poco de atención a tu madre –la interrumpió la anciana, lo que dejó a Vanessa sin saber qué decir–. Te oí tocar cuando fui ayer al banco, pero no pude detenerme.

Vanessa se esforzó por aguantar el pesado paraguas y sus modales.

–¿Le gustaría entrar a tomar una taza de té?

–Tengo mucho que hacer. Sigues tocando muy bien, Vanessa.

–Gracias.

Cuando la señora Driscoll volvió a tomar su paraguas, Vanessa pensó que su breve conversación había terminado. Tendría que haberse imaginado que no era sí.

–Tengo una sobrina nieta. Ha estado dando clases de piano en Hagerston, pero a su madre le cuesta mucho trabajo tener que llevarla hasta allí. Me imaginé que, ahora que estás aquí de nuevo, tú podrías hacerte cargo.

–Oh, pero yo...

–Lleva tomando lecciones casi un año, una hora a la semana. En Navidades nos tocó un villancico realmente bien.

–Me alegro mucho, pero, dado que ya tiene quien le dé clases, creo que es mejor que yo no me interponga.

–La niña vive enfrente de Lester. Podría venir andando a tu casa y, así, le daría a su madre un respiro. Lucy, que así se llama mi sobrina, que es la segunda hija de mi hermano pequeño, está esperando otro niño para el mes que viene. Esperamos que esta vez sea un niño, dado que ya tienen dos niñas. Parece que en nuestra familia sólo hay niñas.

–Ah...

–A ella le cuesta mucho tener que ir hasta Hagerston.

–Estoy segura, pero...

–Tienes una hora libre una vez a la semana, ¿verdad?

Completamente exasperada, Vanessa se pasó una mano por el cabello, que se le estaba empapando muy rápidamente.

–Supongo que sí, pero...

–¿Qué te parece si empezáis hoy mismo? El autobús escolar la deja justo después de las tres y media. Puede estar en tu casa a las cuatro.

Vanessa se dijo que tenía que ser firme.

–Señora Driscoll, me encantaría ayudarla, pero yo nunca he dado clases.

–Pero sabes cómo tocar el piano, ¿verdad? –replicó la anciana.

–Bueno, sí, pero...

–En ese caso, estoy segura de que sabrás enseñarle a una niña a hacerlo, a menos que sea como Dory. Ésa es mi hija mayor. No pude enseñarle nunca a hacer ganchillo. Tiene las manos muy torpes. Sin embargo, Annie, mi sobrina nieta, es muy hábil. También es muy lista. No tendrás problema con ella.

–Estoy segura de que es muy lista, pero es que yo no...

–Te pagaré diez dólares por clase –le informó muy satisfecha la señora Driscoll mientras Vanessa trataba de encontrar alguna excusa–. A ti siempre se te dieron bien los estudios. Eras lista y te portabas bien. Nunca me diste problemas como Brady. Ese niño fue un diablo desde el principio, pero no pude evitar sentir una gran simpatía por él. Me encargaré de que Annie esté aquí a las cuatro.

Con eso, la anciana siguió andando, cobijada por su enorme paraguas. Vanessa se quedó con la sensación de haber sido atropellada por una vieja pero potente apisonadora.

¿Cómo había conseguido que le diera clases de piano a su sobrina nieta? Suponía que del mismo modo en el que la señora Driscoll siempre conseguía que ella se presentara «voluntaria» para limpiar la pizarra después de clase.

Se pasó una mano por el húmedo cabello y se dirigió a la casa. Estaba vacía y silenciosa, pero ella ya había descartado la idea de meterse en la cama. Si iba a tener que darle clase a una niña, era mejor que se preparara para ello. Al menos, así mantendría la mente ocupada.

Se dirigió a la sala de música, con la esperanza de que su madre hubiera guardado algunos de sus antiguos libros de música. Abrió un cajón del aparador, pero éste contenía unas partituras que le parecieron a Vanessa demasiado avanzadas. Sin embargo, sus propios dedos se morían de ganas por tocar aquellas notas.

Encontró lo que estaba buscando en el último cajón. Allí estaban todos sus libros desde el primer hasta el sexto nivel. La nostalgia se apoderó de ella y tuvo que sentarse en el suelo para hojearlos.

Recordaba muy bien los primeros días de clase, los ejercicios, las primeras sencillas melodías. Sentía la misma emoción que había experimentado cuando supo que era capaz de convertir las notas escritas en música.

Habían pasado más de veinte años desde aquel día. Entonces, su padre era su profesor y, aunque había sido muy duro con ella, Vanessa se había mostrado dispuesta a aprender. ¡Se había sentido tan orgullosa la primera vez que él le dijo que lo había hecho bien! Aquellas sencillas y escasas palabras de alabanza la habían empujado a esforzarse más aún.

Cuando rebuscó una vez más en el cajón para tratar de encontrar más libros para Annie, halló un grueso álbum. Sabía que su madre lo había empezado hacía años. Con una sonrisa, abrió la primera página.

Había fotografías de ella al piano. Verse con trenzas y calcetines blancos hasta la rodilla la hizo sonreír. Examinó las fotos de su primer recital. Allí estaban también sus primeros certificados y diplomas, recortes de periódico de cuando ganó la primera competición regional y la primera nacional.

Entonces, le sorprendió que los recortes de periódico no terminaran ahí. Había un artículo de *The Times*, publicado un año después de que ella se hubiera marchado de Hyattown. Una fotografía suya en Fort Worth, después de haber ganado el Van Cliburn.

En realidad, había docenas, cientos de recortes, fotografías, artículos de revistas, incluso muchos que ni siquiera había visto. Parecía que todo lo que había salido publicado sobre ella estaba contenido en aquel álbum.

Recordó las cartas que su madre le había enviado, el álbum que tenía sobre las piernas... ¿Qué podía pensar? ¿Qué debía sentir? La madre que ella creía que la había olvidado por completo le había escrito religiosamente, a pesar de no recibir nunca respuesta, y había seguido todos los pasos de su carrera, aunque nunca había formado parte de ella. Además, le había abierto la puerta a su hija sin hacer ninguna pregunta.

Sin embargo, nada de aquello explicaba por qué Loretta la había dejado marchar sin oponer resistencia. No lograba explicar los años que habían pasado...

«No tuve elección».

Recordó las palabras de su madre. ¿Qué habría querido decir con ellas? No había duda de que su infidelidad había destruido su matrimonio. El padre de Vanessa jamás la había perdonado. ¿Por qué había cortado también la relación de madre e hija?

Tenía que saberlo. Se levantó sin preocuparse de recoger los libros que tenía extendidos por la alfombra. Lo averiguaría aquel mismo día.

La lluvia había cesado y unos débiles rayos de sol luchaban por abrirse camino entre las nubes. A pesar de que estaba tan sólo a unas pocas manzanas de distancia, tomó el coche para ir a la tienda de antigüedades de su madre. En otras circunstancias, habría preferido realizar el paseo, pero no quería interrupción alguna de amigos o conocidos.

Aparcó enfrente de la tienda. Cuando abrió la puerta, tintineó una campanilla.

–Es más o menos de 1860 –oyó que decía su madre–. Es uno de los mejores conjuntos de muebles que tengo. Hice que lo restaurara un hombre que trabaja mucho para mí. Ya ve el magnífico trabajo que ha hecho con estos tiradores. El acabado es como si fuera cristal.

Vanessa escuchó el intercambio que se estaba produciendo desde el otro lado de la tienda. Aunque la molestó el hecho de encontrar a su madre con un cliente, la tienda resultó ser una revelación para ella.

No era una tienda de antigüedades repleta de objetos y llena de polvo. Unos exquisitos aparadores mostraban porcelana, estatuillas, elaborados frascos de perfume y esbeltas copas. El cristal brillaba. A pesar de que no había ni un sólo centímetro sin utilizar, resultaba muy acogedor.

–Va a quedar usted muy satisfecho con esos muebles –decía su madre mientras regresaba con el cliente a la parte frontal de la tienda–. Si cuando llegue a casa descubre que no le va bien, estaré más que dispuesta a recomprárselo. ¡Oh, Vanessa! –exclamó al ver a su hija. Entonces, tras un segundo de azoramiento, se volvió al joven ejecutivo que la acompañaba–. Ésta es mi hija Vanessa. Te presento al señor Peterson. Es del condado de Montgomery.

–De Damascus –explicó él, muy satisfecho–. Mi esposa y yo acabamos de comprar una antigua granja. Vimos ese conjunto de muebles de comedor hace unas pocas semanas. Mi esposa no ha parado de hablar de él. Quiero sorprenderla.

–Estoy segura de que estará encantada.

Vanessa observó cómo su madre aceptaba la tarjeta de crédito del cliente y completaba rápidamente la transacción.

–Tiene usted una tienda magnífica, señora Sexton –comentó el hombre–. Si estuviera en un lugar algo más grande, tendría que deshacerse de los clientes.

–Me gusta estar aquí –replicó ella mientras le entregaba el recibo–. He vivido aquí toda mi vida.

–Es un pueblo muy bonito. Le aseguro que, después de que tengamos la primera cena con nuestros amigos, tendrá más clientes.

–Y yo le garantizo que no me desharé de ellos –dijo Loretta con una sonrisa–. ¿Necesitará ayuda el sábado cuando venga a recoger los muebles?

–No. Vendré acompañado de algunos amigos. Muchas gracias, señora Sexton.

–Espero que disfrute de los muebles.

–Lo haremos –prometió Peterson. Entonces, se volvió para sonreír a Vanessa–. Me alegro de haberla conocido. Tiene usted una madre fantástica.

–Gracias.

–Bueno, me marcho –dijo el hombre, a modo de despedida. Entonces, se detuvo bruscamente en la puerta. Vanessa Sexton –susurró. A continuación, se dio la vuelta–. La pianista. Que me aspen. Vi su concierto en Washington la semana pasada. Estuvo usted magnífica.

–Me alegro de que le gustara.

–En realidad, no esperaba hacerlo –admitió Peterson–. Es a mi mujer a la que la vuelve loca la música clásica. Yo me imaginé que me quedaría dormido un rato, pero usted me mantuvo despierto.

–Me lo tomaré como un cumplido –comentó Vanessa, riéndose.

–Se lo digo en serio. Yo no distingo a un compositor de otro, pero me quedé... Supongo que me quedé embelesado. Mi esposa se morirá de envidia cuando le diga que la he conocido personalmente a usted –añadió. Entonces, sacó una agenda de piel–. ¿Me daría un autógrafo para ella? Se llama Melissa.

–Encantada.

–¿Quién habría esperado encontrar a alguien como usted en un lugar como éste? –comentó Peterson mientras Vanessa le devolvía su agenda.

–Crecí aquí.

–En ese caso, le garantizo, señora Sexton, que mi esposa regresará. Gracias de nuevo.

–De nada. Conduzca con cuidado –dijo Loretta.

Cuando las campanillas anunciaron la salida de Peterson, sonrió–. Es algo sorprendente observar a tu propia hija firmando un autógrafo.

–Es el primero que he firmado en el lugar en el que nací. Es una tienda preciosa. Debes de haber trabajado mucho.

–Me gusta. Siento no haber estado en casa esta mañana. Me traían un pedido muy temprano.

–No importa.

–¿Te gustaría ver el resto de la tienda?

–Sí, me encantaría.

Loretta la acompañó hasta la parte trasera de la tienda.

–Estos son los muebles que acaba de comprar tu admirador. La mesa es de tres piezas y pueden sentarse doce comensales con comodidad. Las sillas tienen un trabajo precioso en la madera. El mueble de bufé y el aparador también van incluidos.

–Son preciosos.

–Los compré en una subasta hace unos meses. Llevaban en una misma familia cientos de años. Es muy triste... Por eso me alegra tanto poder venderle algo como esto a personas que van a cuidar de ello.

A continuación, Loretta se dirigió a un aparador de cristal y abrió la puerta.

–Encontré esta copa de cobalto en un mercadillo, escondida en una caja. Esa salsera la compré en una subasta, pero pagué demasiado. No me pude resistir. Los saleros son franceses y tendré que esperar a que venga un coleccionista para que me los quite de las manos.

–¿Cómo sabes todo eso?

–Aprendí mucho trabajando aquí antes de comprarlo. También leyendo y visitando tiendas y subastas de antigüedades –comentó mientras cerraba la puerta del aparador–. Y también a través de los fallos. He cometido algunos errores que me han costado mucho dinero, pero también he conseguido pescar verdaderas gangas.

–Tienes muchos objetos preciosos. ¡Oh, mira esto! –exclamó Vanessa. Casi con reverencia, tomó un joyero de porcelana de Limoges–. Es precioso.

–Siempre hago todo lo posible por tener algunas piezas de porcelana de Limoges, tanto si son antigüedades como piezas nuevas.

–Yo también tengo una pequeña colección. Resulta difícil viajar con algo tan frágil, pero siempre consiguen que las suites de un hotel se parezcan más a casa.

–Me gustaría que te la quedaras.

–No, no puedo aceptarla.

–Por favor –insistió Loretta antes de que Vanessa pudiera volver a dejarla en su sitio–. No he podido regalarte nada en muchos cumpleaños. Me gustaría mucho que la aceptaras.

Vanessa miró atentamente a su madre. Al menos, tenían que superar el primer obstáculo.

–Gracias. Te aseguro que la atesoraré.

–Te daré una caja. ¡Oh! La puerta vuelve a sonar. Tengo muchas personas que vienen a mirar los días de diario por la mañana. Puedes echar un vistazo a la planta de arriba si quieres.

–No, te esperaré.

Loretta la miró encantada antes de ir a recibir a su cliente. Cuando Vanessa oyó la voz del doctor Tucker dudó. Entonces, fue a saludarlo también.

–¡Vaya, Van! ¿Has venido a ver cómo trabaja tu madre?

–Sí.

Tenía el brazo alrededor de los hombros de Loretta. Ésta se había ruborizado profundamente. Vanessa comprendió que acababa de besarla.

–Es un lugar maravilloso –añadió, tratando de mantener a raya sus sentimientos.

–Así se mantiene alejada de las calles. Por supuesto, yo también me voy a ocupar de eso a partir de ahora.

–¡Ham!

–No me digas que aún no se lo has dicho a tu hija –comentó Tucker, con impaciencia–. Dios Santo, Loretta, has tenido toda la mañana.

–¿Decirme qué?

–He tardado dos años en convencerla, pero finalmente me ha dicho que sí –contestó Ham.

–¿Sí? –repitió Vanessa.

–No me irás a decir que eres tan lenta de entendederas como tu madre, ¿verdad? –bromeó. Entonces, besó a Loretta en la cabeza y sonrió como un muchacho–. Nos vamos a casar.

–Oh –repuso Vanessa, sin emoción alguna–. Oh.

–¿Es eso lo único que se te ocurre? –preguntó Tucker–. ¿Por qué no nos das la enhorabuena y me das un beso?

–Enhorabuena –dijo ella, mecánicamente. Entonces, se acercó para darle un beso muy frío en la mejilla.

–He dicho un beso –protestó Tucker. La agarró con el brazo y la apretó con fuerza. Vanessa tuvo que abrazarlo también.

–Espero que seáis muy felices –consiguió decir. En aquel momento, descubrió que lo decía en serio.

–Claro que lo seremos. Además, yo me llevo dos bellezas por el precio de una.

–Menuda ganga –comentó Vanessa, con una sonrisa–. ¿Y cuándo es el gran día?

–Tan pronto como pueda convencerla –dijo Tucker. No se le había pasado por alto que madre e hija no habían intercambiado ni una palabra ni un abrazo–. Esta noche, Joanie nos invita a cenar a todos para celebrarlo.

–Allí estaré.

Cuando Vanessa dio un paso atrás, Tucker esbozó una pícara sonrisa.

–Después de la clase de piano.

–Veo que las noticias viajan muy rápido –comentó Vanessa, atónita.

–¿La clase de piano? –preguntó Loretta.

–Annie Crampton, la sobrina nieta de Violet Driscoll –dijo Tucker soltando una carcajada al ver el rostro de disgusto de Vanessa–. Violet ha contratado a Vanessa esta mañana.

–¿Y a qué hora es esa clase? –quiso saber Loretta con una sonrisa.

–A las cuatro. Esa mujer que hizo sentirme como si estuviera de nuevo en el colegio.

–Yo puedo hablar con la madre de Annie si quieres –ofreció Loretta.

–No, no importa. Sólo es una hora a la semana

mientras yo esté aquí, pero es mejor que regrese a casa –comentó. Aquel no era el momento para preguntas sobre el pasado–. Tengo que preparar lo que voy a hacer. Gracias por el joyero.

–No te lo he envuelto.

–No importa. Lo veré en casa de Joanie, doctor Tucker.

–Tal vez, ahora que somos familia, me podrías llamar Ham.

–Sí, claro, supongo que sí. Eres una mujer muy afortunada –le dijo a su madre. Le costó menos trabajo del que había imaginado poder darle un beso.

–Lo sé –susurró Loretta, muy emocionada.

Cuando las campanillas anunciaron la partida de Vanessa, Ham se sacó un pañuelo.

–Lo siento –musitó Loretta mientras se sonaba la nariz.

–Tienes derecho a derramar unas cuantas lágrimas. Ya te dije que cambiaría de opinión.

–Tiene todas las razones del mundo para odiarme.

–Eres muy severa contigo misma, Loretta. No voy a consentirlo.

–Te aseguro, Ham, que daría cualquier cosa por volver a tener otra oportunidad con ella.

–Lo único que necesitas es tiempo –afirmó Ham. Entonces, le levantó la barbilla y la besó–. Dale tiempo.

Vanessa escuchó pacientemente la monotonía con la que Annie apretaba las teclas para tocar una sencilla cancioncilla infantil. Tal vez fuera muy hábil con las manos, pero, hasta aquel momento, Vanessa no había visto que les diera buen uso.

Annie era una niña muy delgada, de cabello rubio, actitud algo hosca y rodillas huesudas. Sin embargo, tenía las palmas de la mano anchas para ser una niña de doce años. Sus dedos no eran muy elegantes, pero eran tan robustos como pequeños arbustos.

«Tiene potencial», pensó Vanessa, mientras sonreía para darle ánimos. Estaba segura de que la niña tenía potencial por algún lado.

–¿Cuántas horas a la semana practicas, Annie? –preguntó Vanessa cuando la niña terminó por fin.

–No sé.

–¿Haces ejercicios de dedos todos los días?

–No sé.

Vanessa apretó los dientes. Había aprendido que Annie contestaba así a todas sus preguntas.

–Llevas un año dando clases.

–No...

–¿Por qué no hacemos que eso sea más fácil? –le preguntó Vanessa impidiéndola así que le respondiera del modo habitual–. ¿Qué es lo que sabes?

Annie se limitó a encogerse de hombros. Vanessa se rindió por fin. Decidió sentarse sobre el taburete del piano al lado de la niña.

–Annie, quiero que seas sincera conmigo. ¿Quieres dar clases de piano?

–Supongo que sí.

–¿Quieres porque tu madre quiere que aprendas a tocar el piano?

–Yo le pregunté si podía aprender. Pensé que me gustaría...

–Pero no te gusta.

–Más o menos. A veces, pero sólo consigo tocar canciones de bebés.

–Mmm –susurró Vanessa. Comprendía perfectamente lo que quería decir la pequeña–. ¿Qué te gustaría tocar?

–Canciones como las de Madonna. Ya sabes, canciones buenas, como las que se escuchan en la radio. Mi otro profesor decía que eso no es música de verdad –dijo la niña, mirando a Vanessa de reojo.

–Toda la música es música de verdad. Podríamos hacer un trato.

–¿Qué clase de trato? –preguntó Annie, con la voz llena de sospecha.

–Si tú practicas una hora al día los ejercicios para los dedos y la lección que yo te dé, te compraré partituras de Madonna. Y te enseñaré a tocarlas.

Annie se quedó boquiabierta.

–¿De verdad?

–De verdad, pero sólo si tú practicas todos los días para que, cuando vengas la próxima semana, yo vea alguna mejora.

–¡Prometido! –exclamó la niña, sonriendo por primera vez en casi una hora–. Verás cuando se lo diga a Mary Ellen. Es mi mejor amiga.

–Pues te quedan quince minutos antes de que se lo puedas decir –dijo Vanessa. Se puso de pie muy satisfecha consigo misma–. Ahora, ¿por qué no vuelves a tocar esa canción?

La niña torció el gesto por la concentración y empezó a tocar. Mientras tanto, Vanessa pensaba que, con una pequeña recompensa, se podía llegar muy lejos.

Una hora más tarde, aún estaba congratulándose. Parecía que, después de todo, darle clases a la niña podría ser divertido. Así podía disfrutar también de la música popular, que tanto le gustaba.

Más tarde, en su dormitorio, Vanessa acarició con el dedo el joyero de Limoges que su madre le había regalado. La situación estaba cambiando mucho más rápido de lo que había esperado. Su madre no era la mujer que había esperado encontrar. Era mucho más humana. Aquella casa seguía siendo su hogar y sus amigos eran aún sus amigos.

Y Brady seguía siendo Brady.

Quería estar con él, dejar que su nombre estuviera vinculado al de él como lo había estado en el pasado. Con dieciséis años se había mostrado muy segura. En aquellos momentos, a pesar de que era toda una mujer, tenía miedo de cometer un error, de sufrir, de perder.

Comprendía que la gente no podía retomar el pasado por donde lo habían dejado. Ella no podía volver a empezar cuando aún tenía que resolver el pasado.

Se tomó su tiempo para vestirse para la cena familiar. Iba a ser una ocasión festiva, por lo que estaba decidida a formar parte de ella. Se puso un vestido azul muy sencillo, que llevaba unas cuentas multicolores sobre un hombro. Se dejó el cabello suelto y se colocó unos pendientes de zafiros.

Antes de cerrar el joyero, sacó un anillo con una pequeña esmeralda. Incapaz de resistirse, se lo puso también. Aún le servía. Sonrió al vérselo en el dedo. Entonces, sacudió la cabeza y se lo quitó. Aquélla era la clase de sentimiento que tenía que aprender a evitar, en particular si tenía que pasar aquella velada en compañía de Brady.

Iban a ser amigos. Sólo amigos. Había pasado mucho tiempo desde la última vez que se había podido abandonar al lujo de la amistad. Si se sentía aún atraída hacia él... Bueno, aquello añadiría tan sólo una pequeña excitación a sus encuentros. No podía arriesgar su corazón. Ni el de él.

Se apretó una mano contra el estómago maldiciendo la incomodidad que sentía. Sacó del cajón una caja nueva de antiácidos y se tomó uno. Por muy festiva que fuera a ser la noche, resultaría algo estresante.

Tras comprobar el reloj, salió del dormitorio y bajó la escalera. Vanessa Sexton nunca llegaba tarde a una actuación.

–Vaya, vaya –dijo Brady desde el vestíbulo–. Sigues siendo la sexy Vanessa Sexton.

«Justo lo que necesitaba», pensó ella. Los músculos del estómago se le tensaron un poco más. ¿Por qué tenía que estar tan guapo? Miró la puerta abierta y luego lo observó a él.

–Llevas puesto un traje.

–Eso parece –comentó él.

–Nunca te había visto con traje. ¿Por qué no estás ya en casa de Joanie?

–Porque voy a llevarte allí.

–Es una tontería. Yo tengo mi propio...

–Cállate –le ordenó él. Entonces, la agarró por los hombros y le dio un beso–. Cada vez que te beso sabes mejor.

–Mira, Brady –repuso ella, cuando consiguió que su corazón se tranquilizara–, creo que vamos a tener que establecer unas reglas básicas...

–Odio las reglas...

Volvió a besarla. Aquella vez se tomó un poco más de tiempo.

–Me va a encantar estar emparentado contigo –comentó, con una sonrisa–. Hermanita...

–Pues no te estás comportando como un hermano.

–Ya empezaré a darte órdenes más tarde. ¿Qué te parece lo de la boda?

–Siempre he apreciado mucho a tu padre.

–¿Y?

–Y espero que no sea tan dura de corazón como para negarle a mi madre la felicidad de la que puede disfrutar a su lado.

–Con eso vale por el momento –afirmó él. Entonces, entornó los ojos cuando vio que ella se frotaba las sienes–. ¿Te duele la cabeza?

–Un poco.

–¿Te has tomado algo?

–No, ya se me pasará. ¿Nos vamos?

–De acuerdo –contestó Brady. La tomó de la mano para acompañarla al exterior–. Estaba pensando... ¿por qué no vamos al Molly's Hole como solíamos hacer entonces?

–Veo que sigues pensando en lo mismo –comentó ella, riendo.

–¿Es eso un sí?

–Es un «lo pensaré».

–Tonta –bromeó él mientras le abría la puerta del coche.

Diez minutos más tarde, Joanie salía por la puerta principal de su casa para darles la bienvenida.

–¿No te parece estupendo? –exclamó–. ¡A mí me parece increíble! Ahora sí que vamos a ser hermanas, Vanessa. ¡Me alegro tanto por ellos, por nosotras! –añadió, abrazando con fuerza a su amiga.

–¡Eh! –protestó Brady–. ¿Y yo? ¿A mí ni siquiera me vas a decir hola?

–Oh, hola Brady –dijo Joanie. Al ver la mirada que su hermano le dedicaba, se echó a reír y se abalanzó sobre él–. ¡Vaya! ¡Pero si te has puesto un traje y todo!

–He hecho lo que me han dicho. Papá me pidió que viniera elegante.

–Y lo estás. Los dos lo estáis. ¡Dios mío, Vanessa! ¿Dónde has comprado ese vestido? Es fabuloso. Yo sería capaz de matar por poder meter mis caderas en algo como eso. Bueno, no os quedéis aquí. Vamos dentro. Tenemos un montón de comida, de champán... De todo.

–Es una anfitriona estupenda, ¿verdad? –comentó Brady mientras Joanie entraba en el interior de la casa llamando a gritos a su esposo.

Joanie no había exagerado con lo de la comida. Había un enorme jamón caramelizado, con una montaña de patatas asadas, una amplia selección de verduras y panecillos caseros. El aroma del pastel de manzana flotaba en el aire. El aire festivo que había en la casa se acentuaba con las velas y el brillo de las copas de cristal.

Vanessa oyó que su madre reía más libre y más abiertamente de lo que recordaba nunca. Además, estaba encantadora. Comprendió que aquello era la felicidad. Por mucho que se esforzaba en recordar, no conseguía vislumbrar ninguna imagen de su madre con un aspecto verdaderamente feliz.

Mientras todos cenaban, ella comió muy poco. Estaba segura de que, en medio de aquella confusión, nadie se daría cuenta de lo poco que ella comía. Sin embargo, cuando vio que Brady la estaba observando, se obligó a tomar otro bocado.

–Creo que la ocasión requiere un brindis –anunció el propio Brady poniéndose de pie. Rápidamente miró a Lara–. Tú tendrás que esperar tu turno –le dijo a la pequeña–. Por mi padre, que ha resultado ser más listo de lo que yo me había imaginado. Y por su hermosa futura esposa, que solía mirar al otro lado cuando yo me metía en su jardín para estar con su hija –concluyó, entre las risas de los demás. Todos golpearon las copas.

–¿Le apetece postre a alguien? –preguntó Joanie. Todos respondieron con gemidos de protesta–. Muy bien, lo dejaremos por el momento. Jack, tú ayúdame a recoger la mesa. Ni hablar –añadió cuando vio que Loretta se ponía en pie para ayudar–. La invitada de honor no recoge los platos.

–No seas tonta...

–Lo digo en serio.

–Muy bien. Entonces, limpiaré a Lara.

–Está bien. Mi padre y tú podéis mimarla todo lo que queráis hasta que hayamos terminado. Tú tampoco –replicó, cuando Vanessa empezó a levantarse–. No voy a consentir que friegues los platos en la primera noche que pasas en mi casa.

–Siempre ha sido muy mandona –comentó Brady, cuando su hermana se marchó a la cocina–. ¿Te gustaría ir al salón? Podemos poner algo de música.

–En realidad, preferiría tomar un poco de aire fresco.

–Bien. No hay nada que me guste más que dar un paseo al atardecer con una hermosa mujer –dijo Brady. Le dedicó una pícara sonrisa y extendió la mano.

VI

La noche era templada y olía a lluvia. Los lilos habían florecido y su aroma flotaba como un elegante susurro en el aire. Al oeste, el sol se hundía en las montañas en medio de llamaradas rojizas. Rodearon la casa y se dirigieron hacia un campo de heno.

–Me he enterado de que tienes una alumna.

–Veo que la señora Driscoll hace correr muy rápidamente las noticias.

–En realidad me lo contó John Cory mientras le ponía la vacuna del tétanos. A él se lo había dicho Bill Crampton, que es hermano del padre de Annie. Tiene una tienda de reparaciones en su garaje. Todos los hombres se reúnen allí para contar mentiras y quejarse de sus esposas.

A pesar de las molestias que tenía, Vanessa se echó a reír.

–Al menos resulta tranquilizador saber que radio chismes sigue funcionando.

–¿Cómo fue la clase?

–Tiene... posibilidades.

–¿Cómo se siente uno al estar al otro lado?

–Muy rara. Le prometí que la enseñaría a tocar música rock.

–¿Tú?

–La música es música –replicó Vanessa.

–Si tú lo dices...

Brady le colocó un dedo bajo el lóbulo de la oreja para poder observar el brillo del pendiente con la última luz del atardecer, aunque también para poder tocarla.

–Ya me imagino a Vanessa Sexton tocando el teclado de un grupo heavy metal –añadió–. ¿Crees que podrías ponerte uno de esos corsés metálicos o como se llamen?

–No, no podría, se llamen como se llamen. Si has venido a acompañarme para burlarte de mí, prefiero pasear sola.

–Está bien...

Brady le había rodeado los hombros con el brazo. Le agradaba el hecho de que aún se notara el aroma de su champú en el cabello de Vanessa. Se preguntó si alguno de los hombres con los que la había visto en periódicos y revistas se había sentido de aquel mismo modo.

–Me cae muy bien Jack –dijo ella.

–A mí también.

–Joanie parece muy feliz aquí, en la granja, con su familia. A menudo he pensado en ella.

–¿Has pensado alguna vez en mí? Después de que

te marcharas, de que te convirtieras en alguien importante, ¿pensaste alguna vez en mí?

–Supongo que sí –contestó ella, sin mirarlo.

–Yo no hacía más que esperar que me escribieras.

–El tiempo fue pasando, Brady. Al principio, me sentía demasiado furiosa y herida. Contigo y con mi madre. Me llevó muchos años perdonarte por haberme dejado plantada la noche del baile.

–Yo no te dejé plantada –replicó él–. Mira, es una tontería y ocurrió hace mucho tiempo, pero estoy cansado de cargar con la culpa.

–¿De qué estás hablando?

–Yo no te dejé plantada, maldita sea. Había alquilado mi primer esmoquin y había comprado por primera vez un adorno de flores para una chica. Supongo que estaba tan emocionado con aquella noche como tú.

–Entonces, ¿por qué te estuve esperando dos horas y media en mi habitación, ataviada con mi vestido nuevo?

–Aquella noche me arrestaron –confesó él.

–¿Cómo dices?

–Fue un error, pero, para cuando conseguí aclararlo todo, era demasiado tarde para ir a darte explicaciones. No tenían nada importante contra mí, pero yo tampoco había sido un santo hasta entonces.

–¿Por qué te arrestaron?

–Por violación de una menor. Yo tenía más de dieciocho años. Tú no.

–Eso es ridículo. Nosotros nunca...

–Sí –dijo él, con cierto arrepentimiento–. Nunca.

–Brady, eso es una estupidez. Aunque hubiéramos tenido relaciones íntimas, en ningún caso habría sido violación. Tú sólo tenías dos años más que yo y nos queríamos.

–Ése era precisamente el problema.

–Lo siento mucho –declaró ella. Se llevó una mano al estómago. El dolor era casi insoportable–. ¡Qué mal debiste de sentirte! ¡Y también tus padres! Nadie debería pasar por algo tan horrible. ¿Quién querría que te arrestaran? –le preguntó. Al ver el gesto que Brady tenía en el rostro, supo inmediatamente la respuesta–. ¡Oh, no! ¡Dios!

–Estaba completamente seguro de que yo me había aprovechado de ti y de que te arruinaría la vida. Tal y como me explicó la situación, iba a ocuparse de que yo pagara por lo primero e iba a hacer lo necesario para evitar lo segundo.

–Me lo podría haber preguntado a mí –susurró ella–. Por una vez en la vida, me lo podría haber preguntado a mí... Es culpa mía...

–No digas tonterías...

–No son tonterías. Es culpa mía porque yo nunca le hice comprender lo que sentía. Ni sobre ti ni sobre nada. No hay nada que yo pueda decir para compensarte por lo que él hizo –musitó, mirándolo.

–No tienes que decir nada –le aseguró Brady tras colocarle las manos sobre los hombros–. Tú eras tan inocente como yo, Van. Nunca hablamos de esto porque, durante algunos días, yo estaba demasiado furioso como para intentarlo y tú demasiado enojada como para preguntar. Después, te marchaste.

–No sé qué decir –murmuró, con los ojos llenos de lágrimas–. Debiste de sentir mucho miedo.

–Un poco. Nunca me acusaron formalmente, sino que se limitaron a detenerme para interrogarme. Supongo que te acordarás del sheriff Grody. No sentía ninguna simpatía por mí. Más tarde, comprendí que simplemente estaba aprovechando la oportunidad para hacerme sudar un poco. Otra persona hubiera manejado el asunto de un modo muy diferente. Además, aquella noche ocurrió algo más, algo que ayudó a equilibrar la balanza un poco. Mi padre se puso de mi lado. Yo nunca me habría imaginado que me apoyaría de ese modo, sin preguntas, sin dudas. Simplemente me dio su apoyo total. Supongo que eso cambió mi vida.

–Mi padre sabía lo mucho que aquella noche significaba para mí –dijo Vanessa–. Lo mucho que tú significabas para mí. Toda mi vida había hecho lo que él quería... excepto en lo que se refería a ti. Se encargó de ocuparse también de eso.

–Todo esto ocurrió hace mucho tiempo, Van...

–Yo no creo que pueda...

Una exclamación ahogada de dolor interrumpió sus palabras. Alarmado, Brady la giró para tenerla frente a frente.

–Vanessa, ¿qué te pasa?

–No es nada... –susurró. Desgraciadamente, la segunda oleada vino demasiado fuerte, demasiado rápidamente y la hizo doblarse en dos. Con rapidez, Brady la tomó en brazos y se dirigió directamente hacia la casa–. No, no hace falta. Estoy bien. Sólo ha sido un pinchazo.

–Respira lentamente.

–Maldita sea, te he dicho que no es nada. Espero que no vayas a montar una escena –susurró, a duras penas.

–Si tienes lo que creo que tienes, vas a verme montar una buena escena.

Cuando entraron en la cocina, ésta estaba vacía. Brady subió rápidamente las escaleras y tumbó a Vanessa sobre la cama de Joanie. Encendió la lámpara y comprobó que la piel de la joven estaba pálida y sudorosa.

–Quiero que trates de relajarte, Van.

–Estoy bien –respondió ella, a pesar de que el ardor no había pasado–. Sólo es estrés y tal vez un poco de indigestión.

–Eso es lo que vamos a descubrir ahora mismo. Quiero que me digas si te hago daño –dijo, mientras se sentaba a su lado. Muy suavemente, le apretó la parte inferior del abdomen–. ¿Te han operado de apendicitis?

–No.

–¿Alguna otra cirugía abdominal?

–No.

Brady la miró fijamente a los ojos mientras proseguía con el examen. Cuando apretó justamente debajo del esternón, vio que el dolor se dibujaba en los ojos de Vanessa antes de que ella gritara. Aunque tenía un gesto serio en el rostro, le tomó la mano suavemente.

–¿Cuánto tiempo hace que sientes dolor?

–Todo el mundo siente dolor –replicó ella. Se sentía avergonzada de haber gritado.

–Contesta a mi pregunta.

–No lo sé.

–¿Cómo te sientes ahora?

–Bien, sólo quiero...

–No me mientas. ¿Tienes sensación de ardor?

–Un poco –admitió, al ver que no le quedaba elección.

–¿Te ha ocurrido esto antes, después de haber tomado alcohol?

–En realidad ya no bebo.

–¿Porque es esto lo que te ocurre?

Vanessa cerró los ojos. ¿Por qué no la dejaba en paz?

–Supongo que sí.

–¿Sientes algo que te corroe por dentro, justó aquí, debajo del esternón?

–A veces.

–¿Y en el estómago?

–Supongo que es una molestia algo más fuerte.

–Como cuando tienes hambre, aunque mucho más agudo.

–Sí, pero se pasa.

–¿Qué te estás tomando para el dolor?

–Medicamentos que puedo comprar sin receta. Mira, Brady, veo que convertirte en médico se te ha subido a la cabeza. Estás creando una enfermedad a partir de nada. Me tomaré un par de antiácidos y me pondré bien.

–La úlcera no se trata con antiácidos.

–Yo no tengo úlcera. Eso es ridículo. No vomito nunca.

–Escúchame. Vas a ir al hospital para hacerte unas pruebas y también vas a hacer lo que yo te diga.

–No pienso ir al hospital –replicó ella. Aquella idea le hacía recordar el horror de los últimos días de su padre–. Tú no eres mi médico. Ahora, déjame marchar.

–Vas a quedarte aquí. Y quiero decir aquí mismo.

Vanessa obedeció, aunque sólo porque no estaba segura de poder ponerse de pie. Se preguntó por qué había tenido que ocurrirle allí. Había tenido ataques tan virulentos como aquél, pero siempre había estado sola. Siempre había podido superarlos y los superaría también en aquella ocasión. Justo cuando estaba levantándose de la cama, Brady regresó con su padre.

–¿A qué se debe todo esto? –preguntó Ham.

–Brady está exagerando –respondió ella con una sonrisa. Se habría levantado si Brady no se lo hubiera impedido.

–El dolor la hizo doblarse en dos cuando salimos a dar un paseo. Tiene ardor y sensación de dolor agudo bajo el esternón.

Ham se sentó en la cama y empezó a examinarla suavemente. Le hizo más o menos las mismas preguntas que Brady. A medida que ella iba respondiendo, la expresión de su rostro se iba haciendo cada vez más severa.

–¿Qué está haciendo una chica tan joven como tú con una úlcera? –le preguntó por fin.

–Yo no tengo úlcera.

–Pues dos médicos te están diciendo todo lo contrario. Creo que tu diagnóstico es acertado, Brady.

–Los dos os equivocáis –insistió ella. Trató de ponerse de pie, pero Ham se lo impidió. Con suavidad, la hizo recostarse contra la almohada.

–Por supuesto, confirmaremos este diagnóstico con radiografías y pruebas –dijo Ham.

–No pienso ir al hospital –afirmó ella–. Las úlceras las tienen los corredores de bolsa de Wall Street y los presidentes de empresas. Yo no me preocupo compulsivamente ni siento que la tensión rige mi vida.

–Yo te diré lo que eres –dijo Brady–. Eres una mujer que no se ha preocupado de cuidarse y que es demasiado testaruda para admitirlo. Te aseguro que vas a ir al hospital aunque tenga que llevarte atada.

–Tranquilo, doctor Tucker –le recomendó su padre–. Van, ¿has vomitado o has escupido sangre?

–No, claro que no. Sólo es un poco de estrés y puede que un exceso de trabajo...

–Y una úlcera –le aseguró él con firmeza–, pero creo que se podrá tratar con medicación si insistes en no ir al hospital.

–Claro que insisto. Además, no creo que necesite medicación ni dos médicos encima de mí.

–Pues es la medicación o el hospital, señorita –comentó Ham–. Acuérdate que he sido yo el que te ha tratado de casi todas tus enfermedades, hasta de la erupción que te produjeron los pañales. Creo que la medicación podría ayudarla –le dijo a Brady–, mientras se mantenga alejada de comidas picantes y el alcohol mientras dure el tratamiento.

–Yo preferiría que se hiciera las pruebas.

–Y yo también –afirmó Ham–, pero, a menos que la sedemos con morfina y la llevemos a rastras, creo que nos será más fácil tratarla de este modo.

–Déjame pensar en lo de la morfina –gruñó Brady, lo que hizo que su padre soltara una carcajada.

–Te voy a extender una receta –le informó Ham a Vanessa–. Ve por ella esta misma noche. Tienes veinte minutos antes de que cierre la farmacia de Boonsboro.

–No estoy enferma –insistió ella.

–Mira, hazlo por tu futuro padrastro –replicó Ham–. Brady, tengo mi maletín abajo. ¿Por qué no vienes conmigo?

En el exterior de la habitación, Ham agarró a su hijo por el brazo y lo llevó hasta la escalera.

–Si la medicación no soluciona el problema en tres o cuatro días, la presionaremos para que vaya a hacerse esas pruebas. Mientras tanto, creo que cuanto menos nerviosa la pongamos, mejor.

–Quiero saber lo que ha provocado esa úlcera –dijo él, con furia.

–Yo también. Estoy seguro de que ella hablará contigo, pero no le metas demasiada prisa. En ese aspecto, se parece mucho a su madre. Si te acercas demasiado, se cierra en banda. ¿Estás enamorado de ella? –le preguntó a su hijo.

–No lo sé, pero esta vez no voy a permitir que se marche hasta que no lo haya averiguado.

–Sólo espero que recuerdes que cuando un hombre se aferra con demasiada fuerza a algo, esto termina escapándosele entre los dedos –afirmó. Entonces, apretó con fuerza el hombro de su hijo–. Voy a extender esa receta.

Cuando Brady regresó al dormitorio, Vanessa estaba sentada en el borde de la cama, avergonzada, humillada y furiosa.

–Venga –dijo él–. Podemos llegar a la farmacia antes de que cierre.

–No quiero tus malditas pastillas.

–¿Quieres que te saque de aquí en brazos o prefieres ir andando? –le preguntó él, muy tranquilo.

–Iré andando, muchas gracias –contestó ella, tras una pequeña pausa.

–Muy bien. Bajaremos por las escaleras de atrás.

Vanessa no quería agradecerle que le librara de las explicaciones y de la compasión de los demás. Empezó a andar con la barbilla muy alta y los hombros cuadrados. Brady tampoco dijo nada hasta que no cerró de un fuerte golpe la puerta del coche.

–Alguien debería hacerte entrar en razón.

–Déjame en paz, Brady.

Brady no contestó. Se dirigió en silencio hacia la carretera principal. Cuando metió la quinta marcha del coche, se sintió más tranquilo.

–¿Sigues sintiendo dolor?

–No.

–No me mientas, Van. Si no puedes pensar en mí como amigo, piensa en mí como médico.

–Todavía no he visto tú título.

–Te prometo que te lo mostraré mañana mismo –replicó él. Aminoró la marcha cuando llegaron al pueblo de al lado. No volvió a hablar hasta que no llegaron a la farmacia–. Tú puedes esperar en el coche. No tardaré mucho.

Vanessa permaneció sentada en el coche mientras Brady se dirigía hacia la farmacia. Una úlcera. No era posible. No era una persona adicta a su trabajo, ni tenía miles de preocupaciones. Sin embargo, al tiempo que lo negaba, el dolor la corroía por dentro, como si estuviera burlándose de ella.

Sólo deseaba marcharse a casa y poder tumbarse, descansar hasta que el sueño la hiciera olvidarse del dolor. Todo habría desaparecido al día siguiente... ¿Acaso no llevaba meses y meses diciéndose lo mismo?

Cuando Brady regresó, le colocó la pequeña bolsa blanca sobre el regazo y arrancó el coche. No pronunció palabra alguna, lo que permitió que Vanessa se recostara en el asiento y cerrara los ojos.

Aquel silencio le dio tiempo a Brady para pensar. No servía de nada recriminarle su actitud a voces ni enfadarse con ella por estar enferma. Sin embargo, le dolía y le molestaba que ella no confiara lo suficiente en él cuando le decía que estaba enferma y que necesitaba ayuda. Él le iba a proporcionar esa ayuda, tanto si la quería como si no. Como médico, haría lo mismo por cualquiera. ¿Cuánto más estaba dispuesto a hacer por la única mujer que había amado en toda su vida?

«Había amado», se recordó. En este caso, el tiempo verbal pasado era vital. Como una vez la había amado con toda la pasión y la pureza de la juventud, no permitiría que ella pasara por aquella enfermedad sola.

Aparcó delante de su casa y salió del coche para abrirle la puerta. Vanessa salió y comenzó el discurso que tan cuidadosamente había planeado durante el trayecto.

–Siento haberme comportado como una niña y haber sido tan desagradecida. Sé que tu padre y tú sólo queréis ayudarme. Tomaré esta medicación.

–Eso espero –replicó él. Entonces, la agarró del brazo.

–No tienes que entrar.

–Voy a hacerlo. Pienso ver cómo te tomas la primera dosis y luego te voy a meter en la cama.

–Brady, no soy ninguna inválida.

–Ya lo sé y, si depende de mí, no lo serás nunca.

Brady abrió la puerta de la casa, que nunca estaba cerrada con llave, y la llevó directamente arriba. Allí, le llenó un vaso de agua en el cuarto de baño y se lo dio a Vanessa. A continuación, abrió el frasco de las pastillas y sacó una.

–Traga.

Vanessa tardó un momento en abrir la boca. Después, obedeció.

–¿Vas a cobrarme la visita como médico?

–La primera es gratuita, por los viejos tiempos –contestó, mientras la hacía entrar en su dormitorio–. Ahora, desnúdate.

–¿No se supone que debes llevar una bata blanca o un estetoscopio al cuello cuando dices eso?

Brady no se molestó en responder. Abrió un cajón de la cómoda y estuvo rebuscando en su interior hasta que encontró un camisón. Después de tirarlo sobre la cama, hizo que Vanessa se diera la vuelta y empezó a bajarle la cremallera.

–Te aseguro que, cuando te desnude por razones personales, lo sabrás perfectamente.

–No me vengas con ésas –replicó ella. Atónita, se agarró el vestido antes de que éste le bajara más allá de la cintura.

–Puedo controlar perfectamente mi apetito animal pensando en tu estómago –le aseguró Brady mientras le metía el camisón por la cabeza.

–Eso es asqueroso

–Efectivamente –afirmó él. Le bajó el vestido a tirones. El camisón ocupó rápidamente su lugar–. ¿Medias?

Sin saber si debía sentirse furiosa o avergonzada, Vanessa se quitó las medias. Brady apretó los dientes. Ni siquiera montones de horas de clase de anatomía podrían haberlo preparado para ver cómo Vanessa se quitaba lentamente las delicadas medias. Se recordó que era médico. Trató de recitar la primera línea del juramento hipocrático.

–Ahora, métete en la cama –le ordenó. Apartó el edredón y luego la tapó suavemente cuando ella se metió. De repente, le volvió a parecer que Vanessa tenía dieciséis años. Se aferró a su profesionalidad y dejó el frasco de pastillas sobre la mesa de noche.

–Quiero que sigas las indicaciones.

–Sé leer.

–No bebas alcohol –dijo Brady. No hacía más que repetirse que él era médico y que Vanessa era su paciente–. Ya no se utilizan las dietas blandas, sino más bien el sentido común. No tomes comidas picantes. Vas a notar alivio muy rápidamente. Seguramente, ni siquiera te acordarás que tienes una úlcera dentro de varios días.

–Ni siquiera la tengo ahora.

–Vanessa, venga... –susurró él. Entonces, le apartó suavemente el cabello del rostro–. ¿Necesitas algo más?

–No –contestó ella. Antes de que Brady pudiera apartar la mano, se la agarró–. ¿Puedes...? ¿Tienes que marcharte?

–Durante un rato, no –respondió. Le besó suavemente los dedos.

–Cuando éramos adolescentes, no podía dejar que subieras aquí –comentó ella.

–No. ¿Te acuerdas de la noche que entré por la ventana?

–Nos sentamos en el suelo y estuvimos hablando hasta las cuatro de la mañana. Si mi padre lo hubiera sabido, te habría...

–Ahora no es momento de preocuparse de eso.

–No se trata de preocuparse, sino de preguntarse. Yo te amaba, Brady. Todo era inocente y dulce. ¿Por qué tuvo que estropearlo todo?

–El destino te guardaba grandes cosas, Van. Él lo sabía. Yo estaba en medio.

–¿Me habrías pedido que me quedara? Si hubieras sabido que mi padre iba a llevarme a Europa, ¿me habrías pedido que me quedara? –quiso saber. Nunca había pensado en preguntárselo, pero siempre había deseado saber la respuesta de aquella pregunta.

–Sí. Yo tenía dieciocho años y era egoísta. Si te hubieras quedado, no serías lo que eres ahora. Ni yo sería lo que soy.

–No me has preguntado si me habría quedado.

–Sé que lo habrías hecho.

–Supongo que sólo se ama con esa intensidad una vez en la vida –suspiró ella–. Tal vez lo mejor sea que ocurra y pase cuando uno es joven.

–Tal vez...

–Yo soñaba que tú venías y me llevabas contigo –confesó, tras cerrar los ojos–, especialmente antes de una actuación, cuando estaba muy nerviosa y lo odiaba.

–¿Qué era lo que odiabas?

–Las luces, la gente, el escenario... Deseaba tanto que tú vinieras por mí para poder marcharnos juntos... Entonces, comprendía que no ibas a hacerlo y dejaba de desearlo... Estoy muy cansada.

–Duérmete –susurró Brady. Volvió a besarle los dedos.

–Estoy cansada de estar sola –murmuró, antes de quedarse dormida.

Brady permaneció allí sentado, observándola, tratando de distinguir los sentimientos del pasado de los que sentía en el presente. Comprendió que aquél era precisamente el problema. Cuanto más estaba con ella, más se diluía la frontera entre pasado y presente.

Sólo había una cosa que resultaba evidente. Jamás había dejado de amarla.

Después de besarle dulcemente los labios, apagó la luz y dejó que Vanessa descansara.

VII

Envuelta en un albornoz de color azul, con el cabello revuelto y de muy mal humor, Vanessa bajó las escaleras. Llevaba dos días tomando la medicación que Ham Tucker le había recetado. Se sentía mejor, algo que la molestaba admitir, pero estaba a años luz de reconocer que necesitaba aquellas pastillas.

El ambiente que había aquella mañana encajaba perfectamente con su estado de ánimo. Unas espesas nubes grises y una abundante lluvia. Era el día perfecto para permanecer sola en casa pensando. De hecho, era algo que tenía muchas ganas de hacer. Lluvia, depresión y una fiesta privada. Estar sola supondría un cambio para ella. No había tenido muchos momentos de soledad desde la noche de la cena en casa de Joanie.

Su madre estaba siempre presente y encontraba toda clase de excusas para regresar a casa dos o tres veces durante los días laborales. El doctor Tucker iba a verla dos veces al día, por mucho que Vanessa protestara. Incluso Joanie había ido a verla para llevarla enormes ramilletes de lilas y boles de sopa casera. Hasta los vecinos iban para interesarse por sus progresos. No había secretos en Hyattown. Vanessa contaba con los buenos deseos y los consejos de los doscientos treinta y tres habitantes del pueblo.

Excepto uno.

No era que le importara que Brady no hubiera encontrado tiempo para ir a verla. De hecho, se alegraba de su ausencia. Lo último que deseaba era que Brady Tucker estuviera constantemente pendiente de ella y dándole consejos. No quería verlo.

Una úlcera. Aquello era ridículo. Era una mujer fuerte, competente y autosuficiente... No tenía nada que ver con el tipo de persona a la que atacan las úlceras. Sin embargo, inconscientemente se apretó una mano contra el estómago.

El dolor con el que había vivido más tiempo del que podía recordar había desaparecido. Las noches habían dejado de ser un suplicio por el lento e insidioso ardor que tan a menudo la había mantenido despierta. De hecho, había dormido como una niña durante dos noches seguidas.

«Una coincidencia», se aseguró. Lo que necesitaba era descansar. Descansar y un poco de soledad. El agotador ritmo que había mantenido durante los últimos años era capaz de derrotar a la persona más fuerte.

Decidió que se daría otro mes, tal vez dos, antes de tomar decisiones en firme sobre su profesión.

Al llegar a la puerta de la cocina, se detuvo en seco. No había esperado encontrar a Loretta allí. De hecho, había estado esperando hasta que oyó que la puerta principal se abría y se cerraba.

–Buenos días –le dijo Loretta, ataviada con uno de sus trajes y con las perlas puestas.

–Pensé que te habías marchado.

–No. Fui a la tienda de Lester a por un periódico. Pensé que tal vez querrías saber lo que está ocurriendo en el mundo.

–Gracias –dijo Vanessa. Estaba tan enojada que no se movió del lugar en el que estaba. No le gustaba lo que sentía cada vez que Loretta realizaba un gesto maternal. Le agradecía la consideración, aunque se imaginaba que sus sentimientos eran tan sólo la gratitud de una huésped por la generosidad de su anfitriona. Eso la dejaba descorazonada y con un fuerte sentimiento de culpabilidad–. No tenías que molestarte.

–No es molestia. ¿Por qué no te sientas, querida? Te prepararé una infusión. La señora Hawbaker nos ha enviado camomila de su propio jardín.

–Mira, no tienes que... –dijo Vanessa. Se interrumpió al escuchar que alguien llamaba a la puerta trasera–. Yo iré a ver quién es.

Abrió la puerta, sin dejar de decirse que no quería que fuera Brady. No le importaba que fuera Brady. Cuando vio que quien había llamado era una mujer, se dijo que no sentía desilusión alguna.

–Hola, Vanessa –le dijo una mujer morena, mientras cerraba un paraguas–. Probablemente no te acuerdas de mí. Soy Nancy Snooks. Antes de casarme me apellidaba McKenna. Soy la hermana de Josh McKenna.

–Bueno, yo...

–Nancy, entra –le pidió Loretta, que se había acercado también a la puerta–. Dios, sí que está lloviendo con fuerza...

–Creo que este año no nos tendremos que preocupar por tener sequía –comentó la joven. Permaneció en la entrada, apoyando el peso de su cuerpo unas veces en un pie y otras en el otro–. He venido porque había oído que Vanessa había regresado y que daba clases de piano. Mi hijo Scott tiene ocho años.

Vanessa se imaginó lo que venía a continuación y se preparó para ello.

–Bueno, en realidad no...

–Annie Crampton está encantada contigo –afirmó Nancy, interrumpiéndola–. Su madre es prima segunda mía. Cuando lo hablé con Bill, mi marido, estuvimos de acuerdo en que las clases de piano le vendrían muy bien a Scott. Nos vendría mejor los lunes por la tarde, si no tienes otra clase entonces.

–No, no tengo otra clase porque...

–Estupendo. La tía Violet me dijo que cobras diez dólares por Annie, ¿no es así?

–Sí, pero...

–Podemos pagarlo. Yo trabajo a tiempo parcial en el almacén de grano. Scott estará aquí a las cuatro en punto. Te aseguro que es muy agradable que hayas vuelto, Vanessa. Ahora tengo que irme a trabajar.

–Ten cuidado con el coche –le advirtió Loretta–. Está lloviendo mucho.

–Lo tendré. Oh y enhorabuena, señora Sexton. El doctor Tucker es el mejor.

–Lo es –afirmó–. Es una buena chica –comentó,

tras cerrar la puerta, cuando Nancy se hubo marchado–. Veo que se parece bastante a su tía Violet.

–Aparentemente.

–Te advierto que Scott Snooks es un diablillo –dijo Loretta, mientras se preparaba una taza de té.

–Genial –susurró Vanessa. Era demasiado temprano para pensar. Se sentó y apoyó la cabeza sobre las manos–. No me habría atrapado si hubiera estado más despierta.

–Claro que no. ¿Quieres que te prepare unas tostadas a la francesa?

–No tienes por qué prepararme el desayuno –replicó Vanessa. Las manos le ahogaban la voz.

–No es molestia –afirmó Loretta, mientras canturreaba una canción. Se había visto privada de su hija durante doce años. No había nada que le apeteciera más que mimar a su hija con un buen desayuno.

–No quiero entretenerte –dijo Vanessa, mirando la taza de té que su madre acababa de prepararle–. ¿No tienes que abrir la tienda?

–Lo mejor de tener tu propio negocio es que tú dictas el horario –contestó Loretta. Rompió un huevo en un bol y añadió una pizca de canela, azúcar y vainilla–. Además, tú necesitas un buen desayuno. Ham dice que te estás recuperando, pero quiere que engordes cinco kilos.

–¿Cinco kilos? –repitió Vanessa, a punto de atragantarse con el té–. Yo no necesito...

Lanzó una maldición cuando alguien volvió a llamar a la puerta.

–Yo iré a abrir esta vez –anunció Loretta–. Si se trata de otro posible cliente, le diré que se marche.

Era Brady. Estaba empapado. Sin el resguardo de un paraguas, el agua le caía abundantemente por el cabello. Al ver a Vanessa, sonrió. El placer que le produjo a ella esa sonrisa se transformó en enojo en el momento en el que él abrió la boca.

–Buenos días, Loretta –dijo. Entonces, le guiñó un ojo a Vanessa–. Hola, guapa.

Tras lanzar un bufido, Vanessa se concentró de nuevo en su té.

–Brady, ¡qué sorpresa tan agradable! –exclamó Loretta. Después de aceptar un beso en la mejilla, cerró la puerta–. ¿Has desayunado? –preguntó mientras se dirigía a la cocina para remojar el pan.

–No. ¿Estás preparando tostadas francesas?

–Sí. Tardaré tan sólo un minuto. Siéntate y te haré un plato.

Loretta no tuvo que repetir la invitación dos veces. Después de sacudirse un poco el cabello, Brady se sentó a la mesa con Vanessa. Le dedicó una alegre sonrisa que ocultó convenientemente el hecho de que estaba observando el color de cara que tenía. El hecho de que no hubiera ojeras le compensó por el gesto arisco que ella tenía en el rostro.

–Bonito día –bromeó.

–Sí, claro –replicó ella.

Al ver que ella no tenía ganas de hablar, Brady giró la silla y se puso a charlar con Loretta mientras ésta preparaba el desayuno.

«No lo he visto desde hace dos días y ahora se presenta aquí», pensó Vanessa. Ni siquiera le había preguntado cómo se sentía, a pesar de que no quería que le prestara atención. Sin embargo, era médico y al que se le había ocurrido aquel ridículo diagnóstico.

–Ah, Loretta. Mi padre es un hombre con suerte –dijo Brady, cuando ella le colocó un plato de tostadas sobre la mesa.

–Supongo que saber cocinar es una prioridad cuando un Tucker está buscando esposa –comentó Vanessa. Tenía toda la intención del mundo de ser desagradable.

–No vendría mal –replicó Brady mientras se servía un buen chorro de sirope.

Vanessa se puso de muy mal genio, no porque ella no supiera cocinar, sino porque aquella idea machista y retrógrada la enfureció. Antes de que tuviera tiempo de encontrar una respuesta adecuada, Loretta le colocó un plato de tostadas sobre la mesa.

–Yo no me puedo comer todo esto.

–Yo sí –dijo Brady mientras devoraba sus propias tostadas–. Yo me comeré lo que tú no quieras.

–Bueno, si los dos ya estáis servidos, me voy a abrir la tienda –anunció Loretta–. Van, queda mucha sopa de pollo de la que Joanie te trajo ayer. Si la calientas en el microondas, te la puedes tomar para almorzar. Si sigue lloviendo así, probablemente regresaré temprano. Buena suerte con Scott.

–Gracias.

–¿Scott? –preguntó Brady, cuando Loretta se hubo marchado.

–No me preguntes –respondió Vanessa.

–Como quieras. En realidad he venido porque quería hablarte de la boda.

–¿De la boda? ¡Ah, de la boda! Sí. ¿Qué pasa?

–Mi padre ha estado ejerciendo su poder de convicción. Cree que ha convencido a Loretta para que se casen el sábado de la semana que viene.

–¿Tan pronto?

–¿Por qué esperar? Así pueden aprovechar el picnic que él celebra precisamente ese fin de semana como conmemoración de los caídos para invitar a todos los amigos.

–Entiendo –susurró Vanessa. Ni siquiera se había acostumbrado a vivir con su madre otra vez y ella... Se recordó que no era decisión suya–. Supongo que se mudarán a casa de tu padre.

–Creo que sí. Han estado pensando que acabarán alquilando esta casa. ¿Te importa?

Vanessa se concentró en cortar un trozo de tostada. ¿Cómo lo iba a saber? No había tenido tiempo para descubrir si aquella casa seguía siendo su hogar o no.

–Supongo que no. No pueden vivir en dos casas al mismo tiempo.

–No creo que Loretta vaya a venderla. Esta casa lleva años siendo propiedad de tu familia.

–A menudo me he preguntado por qué la ha conservado.

–Igual que tú, ella creció aquí –dijo Brady mientras se servía una taza de café–. ¿Por qué no le preguntas qué planes tiene al respecto?

–Tal vez lo haga. No hay prisa.

–En realidad, de lo que yo quería hablar contigo es del regalo de boda –comentó Brady. Como la conocía, decidió cambiar de conversación–. Evidentemente, no necesitan ni la vajilla ni el tostador.

–No, supongo que no...

–He estado pensando. Se lo he preguntado a Joanie y le ha gustado la idea. ¿Por qué no juntamos un poco de dinero y les regalamos una luna de miel? Un par de semanas en Cancún. Ya sabes, una hermosa suite con vistas al mar Caribe, noches tropicales... Todo. Ninguno de los dos ha estado nunca en México. Creo que les gustaría.

Vanessa lo miró atentamente. Era una idea estupenda, algo que sólo se le podía haber ocurrido a Brady.

–¿Y será una sorpresa?

–Creo que podremos conseguirlo. Mi padre ha estado tratando de organizar sus citas para tener un fin de semana libre. Comprar los billetes y hacer las reservas es muy fácil. Luego, tendremos que hacerles las maletas sin que se den cuenta.

Vanessa sonrió. Le gustaba la idea.

–Si tu padre está en este momento tan cegado por el amor como mi madre, creo que podremos conseguirlo. Podríamos darles los billetes durante el picnic y luego meterlos en una limusina. ¿Hay limusinas por aquí?

–Hay una en Frederick. No se me había ocurrido eso –comentó Brady. Sacó una libreta para tomar nota.

–Resérvales la suite nupcial. Si vamos a hacerlo, hay que hacerlo bien.

–Me gusta. Limusina, suite nupcial, dos billetes de primera clase... ¿Algo más?

–Champán. Una botella en la limusina y otra en la suite cuando lleguen. Y flores. A mi madre le gustan las gardenias –dijo. Se detuvo en seco mientras Brady seguía escribiendo. Había llamado madre a Loretta. Le había salido de un modo completamente natural–. Bueno... le gustaban las gardenias.

–Estupendo –afirmó Brady–. Vaya, veo que no me has dejado ninguna.

Atónita, Vanessa dirigió los ojos hacia donde él estaba mirando: su plato vacío.

–Yo... yo... Supongo que tenía más apetito de lo que había imaginado.

–Eso es buena señal. ¿Tienes acidez?

–No –contestó. Completamente asombrada, se levantó para llevar el plato al fregadero.

–¿Dolor?

–No. Como ya te dije antes, tú no eres mi médico.

–Ya lo sé –afirmó Brady. Cuando Vanessa se volvió, estaba justo detrás de ella–, pero nos imaginaremos que yo me voy a hacer cargo de las citas del doctor Ham Tucker para hoy. Hagamos un reconocimiento vertical –dijo. Antes de que Vanessa pudiera apartarse, le apretó suavemente el abdomen–. ¿Te duele?

–No, ya te he dicho que...

Le apretó firmemente bajo el esternón. Vanessa hizo un gesto de dolor.

–¿Te molesta?

–Un poco.

Brady asintió.

–Estás mejorando. Dentro de unos cuantos días hasta te podrás tomar un burrito.

–¿Por qué está todo el mundo obsesionado con lo que como?

–Porque no has estado comiendo lo suficiente. Comprensible, con una úlcera.

–Te repito que no tengo úlcera. ¿Quieres apartarte?

–Cuando me hayas pagado por mis servicios.

Antes de que ella pudiera poner alguna objeción, Brady la besó firme y posesivamente. Tras murmurar su nombre, profundizó el beso hasta que ella tuvo que aferrarse a él para no perder el equilibrio. El suelo parecía hundirse a sus pies.

Brady pensó que Vanessa olía a mañana, a lluvia. Se preguntó cómo sería hacerle el amor en aquel instante y cuánto tiempo más tendría que esperar.

Por fin, levantó la cabeza, aunque dejó las manos enredadas en el cabello de la joven. En el verdor de sus ojos, se vio a sí mismo, perdido en ella. Entonces, con una dulzura infinita, volvió a besarla. Vanessa se abrazó a él con fuerza e inclinó la cabeza para que sus labios pudieran alinearse más perfectamente.

–Vanessa...

–No digas nada. Todavía no...

Le apretó la boca contra la garganta y la besó. Sabía que debía pensar, pero, por el momento, sólo quería sentir.

El pulso latía alocadamente sobre la garganta de Brady. Su cuerpo era firme y sólido. Poco a poco, él fue relajando el modo en el que le asía el cabello y comenzó a acariciárselo. Vanessa notó de nuevo el ruido de la lluvia y los aromas que flotaban en la cocina, pero el deseo no desaparecía, como tampoco lo hacían la confusión y el miedo que batallaban dentro de ella.

–No sé qué hacer –dijo por fin–. No he podido pensar desde que te volví a ver.

–Ya sabes que te deseo, Van. No somos unos adolescentes.

–Para mí no resulta fácil...

–No. Ni quiero que lo sea. Si quieres promesas...

–No. No quiero nada que no pueda devolver.

–¿Y qué es lo que me puedes devolver?

–No lo sé. Dios, Brady –susurró ella, tras dar un paso atrás–. Me siento como si estuviera atravesando un espejo.

–Esto no es ninguna ilusión, Vanessa. Somos sólo tú y yo.

–Mira, no voy a fingir que no quiero estar contigo. Al mismo tiempo, deseo salir corriendo en la dirección opuesta, tan rápido como pueda. Espero de todo corazón que tú puedas alcanzarme. Sé que mi comportamiento ha sido muy errático desde que llegué, y en parte se debe al hecho de que no había esperado encontrarte aquí ni revivir todos estos sentimientos del pasado. Eso es parte del problema. No sé cuánto de lo que siento por ti es sólo un eco del pasado y cuánto es real.

–Ahora somos personas muy diferentes, Van.

–Sí. Cuando yo tenía dieciséis años, me habría ido a cualquier parte del mundo contigo. Nos imaginaba juntos para siempre, Brady. Una casa, una familia...

–¿Y ahora?

–Ahora los dos sabemos que las cosas no son tan sencillas ni tan fáciles. Somos personas diferentes, Brady, con vidas diferentes y sueños diferentes. Yo tenía problemas antes... y los sigo teniendo. No estoy segura de que sea sensato empezar una relación contigo, una relación física, hasta que los resuelva.

–Es algo más que física, Vanessa. Siempre ha sido mucho más.

–Lo sé –afirmó ella–. Razón de más para tomárselo todo con mucha calma. No sé lo que voy a hacer con mi vida ni con mi música. Tener una relación sentimental sólo conseguirá que todo sea mucho más difícil para los dos cuando yo me marche.

Brady sintió que el pánico se apoderaba de él. Si Vanessa se marchaba otra vez, le rompería el corazón.

–Si me estás pidiendo que me olvide de mis sentimientos y me marche, no lo haré. Ni tú tampoco.

–Lo único que te estoy pidiendo es que me dejes organizar mis ideas. La decisión es mía, Brady. No pienso dejar que se me presione, ni que se me amenace ni que se me seduzca. Créeme si te digo que la gente ya ha intentado eso en muchas ocasiones.

–Yo no soy ninguno de tus elegantes y educados amantes, Van –replicó él–. Yo no presiono, ni amenazo ni seduzco. Cuando llega el momento, tomo lo que puedo.

–Pues te aseguro que no tomarás nada que yo no te quiera dar –repuso ella, irguiéndose ante lo que le parecía un desafío–. Ni tú ni ningún hombre. No sabes lo que me gustaría enseñarte algunos modales educados y elegantes, pero haré algo mucho mejor que eso. Te diré la verdad. No ha habido ningún amante porque yo no he querido que los hubiera –añadió, dándose la vuelta–. Si decido que tú tampoco lo seas, tendrás que unirte a todos los demás que he desilusionado.

Nadie. No había habido nadie. Brady dio un paso hacia ella, pero se detuvo. Si la tocaba en aquellos instantes, uno de los dos terminaría arrastrándose por el suelo y no quería ser él. Se dirigió a la puerta y la abrió antes de que pudiera controlarse lo suficiente como para darse cuenta de que lo que ella deseaba precisamente era que se marchara.

–¿Qué te parece si vamos al cine esta noche? –le sugirió entonces.

–¿Cómo dices? –preguntó ella, muy sorprendida.

–Que si vamos al cine. ¿Te apetece?

–¿Por qué?

–Porque me apetece mucho tomar palomitas de maíz –le espetó él–. ¿Quieres ir o no?

–Yo... sí...

–Muy bien.

Se marchó dando un portazo.

Vanessa decidió que la vida era un rompecabezas. A ella le estaba costando mucho encajar las piezas. Llevaba una semana inmersa en los planes de boda y del picnic de aquel fin de semana. Estaba segura de que era un error tratar de coordinar un picnic con una boda familiar e íntima.

A medida que fue pasando la semana definitiva, estaba demasiado ocupada y demasiado confusa como para darse cuenta de que no se había sentido mejor desde hacía años. Además de los preparativos secretos de la luna de miel, había que encargar flores y... cientos de hamburguesas.

Salió con Brady casi todas las noches. Al cine, a cenar, a un concierto... Era una compañía tan agradable y tan divertida que empezó a preguntarse si la pasión y la ira que habían vivido en la cocina de su casa habrían sido reales.

Cada noche, cuando la acompañaba a la puerta, le daba un beso de buenas noches. Al fin, ella comprendió que con el beso le estaba dando también cosas en las que pensar. Y eran muchas.

La noche de antes de la boda, se quedó en casa. Sin embargo, no dejó de pensar en él, a pesar de que Joanie y Loretta no dejaban de enredar en la cocina.

–Yo sigo pensando que los hombres también deberían ayudar –musitó Joanie.

–Sólo serían un estorbo –comentó Loretta, mientras le daban forma a la carne para las hamburguesas–. Además, esta noche estoy demasiado nerviosa como para estar con Ham.

–Te aseguro que lo estás haciendo muy bien –replicó Joanie, entre risas–. Cuando fue a mi casa hoy, me pidió tres veces una taza de café. Y llevaba una en la mano desde que me la pidió la primera vez.

–Me alegra saber que él también está nervioso –dijo Loretta, también riendo–. Espero que no llueva mañana.

Vanessa, que estaba colocando la carne de las hamburguesas entre papel encerado, dijo:

–Han dicho que estará soleado y que hará mucho calor.

–Oh, sí –susurró Loretta con una sonrisa–. Ya me lo habías dicho antes, ¿verdad?

–Sólo cinco o seis veces.

–De todos modos, aunque lloviera –observó Loretta–, podríamos celebrar la boda en el interior, aunque sería una pena que se estropeara el picnic. A Ham le gusta tanto...

–No va a llover –prometió Joanie–, aunque es una pena que hayáis tenido que posponer la luna de miel.

–Bueno –dijo Loretta encogiéndose de hombros–. Ham no ha podido cambiar sus citas. Tendré que acostumbrarme a ese tipo de cosas si voy a ser la esposa de un médico... ¿Es eso lluvia? ¿Está lloviendo?

–No –respondieron Joanie y Vanessa al unísono.

Con una débil sonrisa, Loretta terminó su trabajo y se lavó las manos.

–Debo de estar imaginándome cosas. He estado tan nerviosa durante esta semana. Esta misma mañana, no podía encontrar una blusa azul de seda que tengo... ni tampoco unos pantalones de lino que me compré el mes pasado. Lo mismo me pasa con mis sandalias nuevas y un vestido de cóctel que tengo muy bonito. No sé dónde los he puesto.

Vanessa miró a Joanie para que su amiga no se echara a reír.

–Ya aparecerán, no te preocupes.

–Sí, sí, claro... ¿Estáis seguras de que no está lloviendo?

Exasperada, Vanessa se colocó una mano en la cadera.

–Mamá, por el amor de Dios. No está lloviendo. No va a llover. Ve a darte un baño caliente –rugió. Cuando los ojos de Loretta se llenaron de lágrimas, Vanessa se arrepintió de sus palabras–. Lo siento. No quería hablarte de ese modo.

–Me has llamado mamá –susurró Loretta–. Creí que no volverías a hacerlo...

Cuando las lágrimas empezaron a rodarle por las mejillas, salió rápidamente de la cocina.

–Maldita sea –dijo Vanessa–. He estado esforzándome toda la semana para mantener la paz y lo estropeo todo la noche antes de la boda.

–No has estropeado nada –le aseguró Joanie. Se acercó a su amiga y le colocó una mano sobre el hombro–. No voy a meterme en lo que no es asunto mío, porque somos amigas y mañana seremos familia. Desde que regresaste, os he estado observando muy atentamente a Loretta y a ti. He visto el modo en el que te mira cuando tú estás de espaldas o cuando te marchas de una habitación.

–No sé si puedo darle lo que desea.

–Te equivocas. Claro que puedes. En muchos sentidos, ya lo has hecho. ¿Por qué no subes y te aseguras de que está bien? Yo llamaré a Brady y le diré que me ayude a cargar toda esta comida para llevarla a casa de mi padre.

–Muy bien.

Vanessa subió lenta y silenciosamente, tratando de pensar en lo que iba a decir. Cuando vio a Loretta sentada en la cama, nada le pareció bien.

–Lo siento –murmuró Loretta mientras se secaba los ojos con un pañuelo–. Supongo que esta noche estoy muy sensible.

–Y tienes derecho a estarlo –dijo Vanessa, desde la puerta–. ¿Prefieres estar sola?

–No. ¿Te importaría sentarte conmigo un rato?

Incapaz de negarse, Vanessa cruzó la distancia para sentarse al lado de su madre.

–Por alguna razón –prosiguió Loretta–, he estado pensando en cómo eras cuando sólo eras un bebé. Eras tan guapa... Me lo decía todo el mundo y así era. También eras muy inteligente y despierta y tenías mucho pelo... Algunas veces simplemente me sentaba para observarte mientras dormías. No me podía creer que fueras mía. Desde que tengo memoria he deseado tener una casa llena de niños. Era mi única ambición. Cuando te tuve a ti, fue el día más feliz de mi vida. Lo comprenderás mucho mejor cuando tengas un hijo propio.

–Sé que me querías mucho. Por eso, me resulta tan difícil comprender el resto. Sin embargo, no creo que éste sea el momento más adecuado para que hablemos.

–Tal vez no, pero quiero que sepas que entiendo que estás intentando perdonar sin pedir explicaciones. Eso significa mucho para mí –dijo. Agarró la mano de su hija–. Te quiero ahora más aún de lo que te quise cuando te vi por primera vez, cuando te colocaron entre mis brazos. Vayas donde vayas o hagas lo que hagas, siempre te querré.

–Yo también te quiero –susurró Vanessa. Se llevó las manos unidas a la mejilla durante un instante–. Siempre te he querido –añadió. Aquello era precisamente lo que más le dolía. Se levantó y trató de sonreír–. Creo que deberías intentar dormir un poco. Quiero que mañana estés guapísima.

–Sí. Buenas noches, Van.

–Buenas noches.

Se dirigió a la puerta y la cerró muy suavemente a sus espaldas.

VIII

Vanessa oyó un golpeteo contra el cristal de la ventana y se despertó. ¿Estaría lloviendo? Trató de recordar por qué era tan importante que no lloviera precisamente ese día...

¡La boda! Se incorporó de un salto sobre la cama. El sol brillaba desde el cielo. Atravesaba el cristal de la ventana como si se tratara de dedos dorados. Entonces, volvió a escuchar otra vez el golpeteo.

Decidió que no estaba lloviendo. Eran guijarros. Fue corriendo a la ventana y la abrió de par en par.

Brady estaba en el jardín de su casa, vestido con unos pantalones de deporte muy viejos y unas zapatillas deportivas igual de raídas.

–Ya iba siendo hora –susurró él–. Llevo arrojando guijarros contra tu ventana desde hace diez minutos.

–¿Por qué?

–Para despertarte.

–¿Has oído hablar de un invento que se llama teléfono?

–No quería despertar a tu madre.

–¿Qué hora es?

–Poco después de las seis –respondió él. Al ver que Kong estaba cavando en el lugar exacto en el que estaban plantadas las caléndulas, le silbó para que se acercara a él–. Bueno, ¿vas a bajar?

–Me gusta la vista desde aquí –contestó ella, con una sonrisa.

–Tienes diez minutos antes de que trate de recordar si sé escalar por una tubería.

Vanessa soltó una carcajada y cerró la ventana. En menos de diez minutos salía por la puerta trasera vestida con sus vaqueros y su sudadera más vieja. Descartó los pensamientos románticos cuando vio también a Joanie, Jack y Lara.

–¿Qué es lo que pasa? –preguntó.

–Vamos a decorar un poco –contestó Brady. Entonces, le mostró una caja–. Guirnaldas, globos, campanillas de boda... Todo. Pensamos que podríamos decantarnos por lo discreto y elegante para la ceremonia y luego sacar todo lo demás en el picnic de mi padre.

–Estupendo. ¿Dónde empezamos?

Trabajaron en medio de susurros y risas ahogadas, discutiendo el modo más adecuado de colgar una guirnalda sobre uno de los árboles. La idea que Brady tenía de la discreción era colgar media docena de campanillas de boda de las ramas del árbol y rematarlo todo con globos. Cuando se dirigieron a la casa de los Tucker, se desmelenó por completo.

–Es un banquete de boda, no un circo –le recordó Vanessa, al ver la alegría con la que colgaba guirnaldas y globos de un viejo árbol.

–Es una celebración –replicó él–. Dame un poco más de rosa.

A pesar de que estaba en contra, Vanessa obedeció.

–Parece que lo ha hecho un niño de cinco años.

–Se llama expresión artística.

Vanessa se dio la vuelta y vio que Jack se había subido al tejado y que estaba colocando unos globos en el desagüe. Mientras que Lara estaba sentada en una manta con un montón de cubos de plástico y con Kong por única compañía, Joanie ató la última campanilla al emparrado. El resultado de sus esfuerzos no resultó demasiado elegante ni artístico, pero estaba fenomenal.

–Estáis todos locos –decidió Vanessa cuando Brady se bajó por fin del árbol–. ¿Y ahora qué hay que hacer?

–Aún nos queda un poco de esto –contestó Brady mostrándole un rollo blanco y un rollo rosa.

Vanessa se quedó pensando un momento y luego sonrió.

–Dame la cinta adhesiva –dijo. Con ella en la mano, echó a correr hacia la casa–. Vamos, Brady. Ayúdame.

–¿A qué?

–Tengo que subirme encima de tus hombros –afirmó. Se colocó detrás de él y le enroscó las piernas alrededor de la cintura. Poco a poco, fue subiendo–. Ahora, dame lo dos rollos.

–Me gustan tus rodillas –comentó Brady, tras girar la cabeza y darle un bocado a una.

–Piensa que sólo eres una escalera –le recordó Vanessa mientras aseguraba las puntas de las guirnaldas a los aleros de la casa–. Ahora, regresa donde estábamos, pero hazlo muy lentamente ya que iré girando la cinta a medida que avancemos.

–¿Hacía dónde?

–Hacia la parte más alejada del jardín... Hacia la monstruosidad que hace unos minutos era un hermoso árbol –bromeó.

Con mucho cuidado, Brady hizo lo que ella le había pedido.

–¿Qué estás haciendo?

–Estoy decorando el jardín –contestó, mientras entrelazaba las dos guirnaldas–. Ten cuidado. No te choques con el árbol –añadió, cuando llegaron al lugar indicado–. Ahora, sólo tengo que atarlas a esta rama. Ya está.

–¿Y ahora qué?

–Ahora, vamos a ir desde aquí hacia el otro lado de la casa. Eso sí que es artístico.

Cuando hubieron terminado, Vanessa se colocó las manos sobre las caderas y observó los resultados.

–Está muy bien –concluyó–. Muy bien, a excepción del destrozo que tú hiciste en ese pobre árbol.

–Ése árbol es una obra de arte. Está lleno de simbolismo.

En aquel momento, Joanie se acercó a ellos. Sonrió a Vanessa, que seguía subida encima de Brady.

–Creo que es mejor que nos demos prisa. Sólo quedan dos horas para la boda. Recuerda, Brady, que tú debes ocuparte de papá hasta que nosotros regresemos.

–No se va a ir a ninguna parte.

–No es eso lo que me preocupa. Está tan nervioso que es capaz de atarse los cordones de los zapatos entre sí.

–Tal vez incluso se olvide de ponerse zapatos –comentó Jack, agarrando a su esposa del brazo–. O podría ponerse los zapatos, pero olvidarse de los pantalones y todo, querida mía, porque tú estás aquí preocupándote por lo que puede pasar en vez de irte a casa y cambiarte para regresar con tiempo para gruñirle y ocuparte de que no ocurra ningún contratiempo.

–Yo no gruño –protestó Joanie, entre risas, mientras su esposo se la llevaba a rastras–. Brady, no te olvides de hablar con la señora Leary para lo del pastel. Oh y...

El resto se perdió cuando Jack le tapó la boca con la mano.

–Y yo que solía taparme las orejas con las manos –murmuró Brady–. ¿Quieres que te lleve a casa?

–Claro.

Brady echó a andar, aún con ella sobre los hombros.

–¿Has engordado? –le preguntó. Había notado que llenaba un poco más los vaqueros.

–Órdenes del médico. Ten cuidado.

–Se trata puramente de una pregunta profesional. ¿Qué te parece si te examino? –le preguntó Brady mientras levantaba la cabeza para mirarla con cierta lujuria.

–Ten cuidado con... –le advirtió Vanessa mientras se agachaba para no golpearse con unas ramas–. Podrías haberlas evitado.

–Sí, pero no habría podido oler tu cabello –replicó él. La besó antes de que ella pudiera incorporarse–. ¿Me vas a preparar el desayuno?

–No.

–¿Un café?

–No –reiteró ella. Había empezado a bajarse de los hombros de Brady.

–¿Ni siquiera uno instantáneo?

–No –contestó ella, entre risas–. Me voy a dar una buena ducha para luego pasarme una hora arreglándome y admirándome frente al espejo.

Él la tomó entre sus brazos.

–A mí me parece que estás bastante bien ahora.

–Puedo estar aún mejor.

–Ya te lo diré. Después del picnic, ¿quieres venir a mi casa para que te enseñe las muestras de pintura? –susurró.

Vanessa le besó rápida e impulsivamente.

–Ya te lo diré –dijo, antes de desaparecer en el interior de la casa.

Loretta parecía haberle pasado los nervios a su hija. Mientras la novia se vestía tranquilamente, Vanessa no hacía más que retocar los arreglos florales, ocuparse de que todo estuviera preparado e ir de un lado a otro buscando al fotógrafo.

–Debería haber llegado hace diez minutos –dijo, cuando oyó que Loretta bajaba la escalera–. Sabía que era un error contratar al cuñado del nieto de la señora Driscoll. No comprendo por qué... –comentó mientras se daba la vuelta. Al ver a su madre, se quedó sin palabras–. ¡Oh! ¡Estás guapísima!

Loretta había elegido un vestido de seda verde claro, con un sencillo toque de encaje a lo largo del bajo. Era muy sobrio y elegante. Se había comprado un sombrero a juego y se había acicalado muy bien el cabello por debajo del ala.

–¿No te parece que el sombrero es demasiado? Es sólo una boda íntima e informal.

–Es perfecto. De verdad. Creo que nunca te he visto más guapa.

–Me siento guapa. No sé lo que me pasó anoche, pero hoy me siento estupendamente. Soy tan feliz... No quiero llorar –susurró mientras sacudía la cabeza–. Me he pasado una eternidad maquillándome.

–No vas a llorar –dijo Vanessa–. El fotógrafo... Oh, gracias a Dios. Acaba de llegar. Yo... Oh, espera. ¿Lo tienes todo?

–¿Todo?

–Ya sabes, algo viejo, algo nuevo...

–Se me había olvidado. Veamos –musitó Loretta. Las supersticiones de una novia se acababan de apoderar de ella–. El vestido es nuevo, los pendientes de perlas eran de mi madre, por lo que son viejos...

–Buen comienzo. ¿Llevas algo azul?

Loretta se sonrojó.

–Sí –confesó–. Debajo del vestido tengo... La combinación que llevo puesta tiene unos lacitos azules. Supongo que creerás que soy una tonta por comprar lencería algo atrevida.

–Claro que no –afirmó Vanessa. Tocó el brazo de su

madre y se sintió abrumada por el impulso que sintió de abrazarla. Para no hacerlo, dio un paso atrás–. Ya sólo nos queda lo prestado.

–Bueno, yo...

–Aquí tienes –dijo Vanessa. Se quitó una delicada pulsera de oro que llevaba puesta–. Ponte esto y estarás toda preparada –añadió. Volvió a asomarse por la ventana–. Oh, ahí viene Ham y todos los demás. Parecen un desfile. Métete en el cuarto de música hasta que todo esté preparado.

–Van –susurró Loretta. Aún tenía la pulsera en la mano–. Gracias.

Vanessa esperó hasta que su madre hubo desaparecido para abrir la puerta. La confusión entró en la casa. Joanie estaba discutiendo con Brady sobre el modo más adecuado de colocarse la flor en el ojal. Ham, por su parte, no hacía más que pasear de arriba abajo de la casa. Por fin, Vanessa pudo sacarlos al exterior.

–Veo que has traído al perro –dijo Vanessa mirando a Kong. El animal llevaba un clavel rojo sujeto al collar.

–Es parte de la familia –afirmó Brady–. No podía herir sus sentimientos de esa manera.

–¿Y no le podrías haber puesto una correa?

–No le insultes.

–Está olisqueando los zapatos del reverendo Taylor.

–Con un poco de suerte, eso será lo único que haga con los zapatos del reverendo Taylor. Por cierto, tenías razón –comentó, mirándola fijamente.

–¿Sobre qué?

–Podías tener aún mejor aspecto.

Vanessa iba ataviada con un vestido muy veraniego. La falda tenía mucho vuelo y llevaba un estampado floral. Contrastaba profundamente con el corpiño azul cobalto que le dejaba los hombros al descubierto. La cadena de oro y los pendientes que llevaba puestos hacían juego con la pulsera que le había dejado a Loretta.

–Tú también –dijo ella. Sin poder evitarlo, levantó las manos para estirarle la corbata azul marino que llevaba puesta con un traje color marfil–. Supongo que estamos todos preparados.

–Aún nos falta algo.

–¿El qué? –preguntó Vanessa, atónita.

–La novia.

–Oh, Dios, se me había olvidado. Iré por ella.

Vanessa volvió a entrar corriendo en la casa. Encontró a Loretta en la sala de música, sentada sobre el taburete del piano.

–¿Lista?

–Sí –respondió ella, después de respirar profundamente.

Atravesaron juntas la casa, pero, al llegar a la puerta trasera, Loretta agarró la mano de su hija. Así, cruzaron juntas el césped. A cada paso que daban, la sonrisa de Ham se iba haciendo más amplia y el paso de su madre más firme. Se detuvieron delante del reverendo y, entonces, Vanessa soltó la mano de su madre. Dio un paso atrás y tomó la de Brady.

–Queridos hermanos... –comenzó el pastor.

Vanessa vio cómo su madre se casaba bajo la sombra del árbol que Brady había estado decorando. Las campanillas no dejaban de sonar.

–Puedes besar a la novia –entonó por fin el reverendo.

Todas las personas que había en los jardines cercanos empezaron a aplaudir. El fotógrafo tomó una nueva instantánea cuando Ham abrazó a Loretta y le dio un largo beso que provocó más gritos y vítores.

–Muy bien –dijo Brady mientras abrazaba a su padre.

Vanessa dejó su confusión a un lado y se dirigió a abrazar a su madre.

–Enhorabuena, señora Tucker.

–Oh, Van...

–Todavía no puedes llorar. Aún tenemos que hacer muchas fotografías.

Con un grito de alegría, Joanie se abalanzó sobre las dos con su hija en brazos.

–Estoy tan contenta –susurró–. Dale a tu abuela un beso, Lara.

–Abuela –susurró Loretta, casi a punto de llorar. Rápidamente tomó en brazos a la niña–. Abuela...

Brady rodeó los hombros de Vanessa con un brazo.

–¿Cómo te sientes, tía Vanessa?

–Asombrada –contestó. Se echó a reír con Brady mientras el cuñado del nieto de la señora Driscoll no dejaba de tomar fotografías–. Vamos a servir el champán.

Dos horas más tarde, estaban en el jardín trasero de los Tucker, llevando una bandeja de hamburguesas crudas hacia la barbacoa.

—Yo creía que tu padre siempre se encargaba de cocinar —le dijo a Brady.

—Hoy me ha cedido la espátula a mí —contestó Brady. Se había quitado la chaqueta y la corbata y se había remangado la camisa. Le dio la vuelta a una hamburguesa con gran habilidad.

—Lo haces muy bien.

—Deberías verme con el escalpelo.

—Creo que mejor no, gracias. Este picnic es tal y como lo recuerdo. Ruidoso y lleno de gente.

Había muchas personas en el jardín, en la casa e incluso por las aceras. Algunos estaban sentados en sillas o sobre la hierba. Los bebés iban de mano en mano. Los viejos estaban sentados a la sombra mientras intercambiaban chismes y se apartaban las moscas. Los jóvenes corrían al sol. Alguien había puesto algo de música en un rincón del jardín y un grupo de adolescentes estaban allí bailando.

—Ahí era donde estábamos nosotros hace unos años —comentó Brady.

—¿Quieres decir que ya eres demasiado viejo para bailar y ligar?

—No, pero ellos sí lo creen. Ahora soy el doctor Tucker, mientras que mi padre es doc Tucker. Eso me convierte automáticamente en un adulto. Es una pena hacerse viejo —dijo mientras pinchaba una salchicha.

—Se dice mejor alcanzar la dignidad —comentó ella mientras Brady la ponía en un panecillo y le echaba mostaza.

–Servir de ejemplo para la generación más joven. Di «ah» como una niña buena –le ordenó. Entonces, le metió el perrito en la boca.

Vanessa le dio un mordisco y se lo tragó rápidamente.

–Manteniendo también el decoro.

–Sí. Y eso me lo dices cuando tienes la boca manchada de mostaza –comentó Brady. Le agarró la mano antes de que ella pudiera limpiársela–. Deja que me ocupe yo –añadió. Se inclinó sobre ella y le deslizó la lengua sobre los labios–. Muy sabrosa –susurró. Entonces, le mordió suavemente el labio inferior.

–Se te van a quemar las hamburguesas –murmuró ella.

–Calla. Estoy dándoles un ejemplo a la generación más joven.

A pesar de que ella se estaba riendo, le tapó la boca completamente con la suya. Alargó y profundizó el beso hasta que ella se olvidó de que estaban rodeados de gente. Igual que él.

Cuando la soltó, Vanessa se llevó una mano a la cabeza, que no dejaba de darle vueltas, y trató de encontrar la voz.

–Como en los viejos tiempos –gritó alguien.

–Mejor –susurró Brady. Habría vuelto a besarla, pero alguien le golpeó suavemente en el hombro.

–Deja a esa chica y compórtate, Brady Tucker –dijo Violet Driscoll moviendo la cabeza–. La gente tiene hambre. Si quieres besarte con tu chica, espera hasta más tarde.

–Sí, señora Driscoll.

–Nunca ha tenido ni una pizca de sentido común –le comentó la anciana a Vanessa–, aunque hay que reconocer que es muy guapo –añadió, antes de marcharse.

–Tiene razón –afirmó Vanessa.

–¿En lo de que soy muy guapo?

–No, en lo que de nunca has tenido ni una pizca de sentido común.

–¡Eh! –exclamó Brady al ver que ella se alejaba de su lado–. ¿Adónde vas?

Vanessa se limitó a mirarlo por encima del hombro y siguió andando. Mientras charlaba con amigos del instituto, pensó que todo era como en los viejos tiempos. Los rostros habían envejecido y habían nacido muchos niños, pero el ambiente era el mismo.

Cuando Brady volvió a reunirse con ella, Vanessa estaba sentada sobre la hierba con Lara.

–¿Qué estás haciendo?

–Jugando con mi sobrina.

Algo se despertó en el interior de Brady, algo rápido e inesperado. Comprendió que también era algo inevitable. Verla sonreír de aquel modo, con un bebé en los brazos... Le parecía que llevaba toda una vida esperando un momento como aquél. Sin embargo, el bebé debería ser suyo. Vanessa y el bebé deberían ser suyos.

–¿Te ocurre algo? –le preguntó ella.

–No, ¿por qué?

–Me estabas mirando de un modo muy extraño.

Se sentó a su lado y le acarició suavemente el cabello.

–Sigo enamorado de ti, Vanessa, y no sé qué diablos hacer al respecto.

Ella lo miró fijamente. Aunque hubiera podido definir la multitud de sentimientos que se debatían en su interior, no habría podido hacerlo con palabras. En aquellos momentos no estaba mirando a un muchacho, sino a un hombre. Lo que él acababa de decir lo había dicho deliberadamente. Él estaba esperando que ella reaccionara, pero no podía hacerlo.

Lara le saltó encima del regazo y lanzó un grito que rompió por fin el silencio.

–Brady, yo...

–Por fin os encuentro –dijo Joanie–. Vaya –añadió, al notar la tensión que había entre ellos–. Lo siento. Creo que mi llegada no ha sido muy oportuna.

–Vete, Joanie –le ordenó Brady–. Muy lejos.

–Ya que me lo pides tan educadamente, me iría, pero ha llegado la limusina. Todo el mundo se ha acercado para mirarla. Creo que es hora de que despidamos a los recién casados.

–Tienes razón –afirmó Vanessa, poniéndose de pie–. No queremos que pierdan el avión. ¿Tienes los billetes? –le preguntó a Brady

–Sí –contestó él. Antes de que Vanessa pudiera escabullirse, le agarró la barbilla–. Aún no hemos terminado de hablar, Van.

–Lo sé –replicó ella, con voz tranquila a pesar de que se sentía muy nerviosa en su interior–. Como ha dicho Joanie, el momento no es el adecuado.

Se colocó a Lara sobre la cadera y se marchó corriendo a buscar a su madre.

–¿Qué es eso de que hay una limusina? –preguntó Ham–. ¿Se ha muerto alguien?

–No –respondió Joanie–. Tu esposa y tú os marcháis para hacer un pequeño viaje.

–¿Un viaje? –repitió Loretta mientas Vanessa le entregaba el bolso.

–Cuando los recién casados hacen un viaje, se llama luna de miel –explicó Brady.

–Pero yo tengo pacientes a los que atender.

–No.

Brady y Jack escoltaron a Ham mientras Vanessa y Joanie hacían lo mismo con Loretta. Por fin, llegaron a la puerta principal de la casa.

–Dios mío –susurró Loretta, al ver la imponente limusina blanca.

–Vuestro avión despega a las seis –les informó Brady mientras se sacaba un sobre del bolsillo y se lo entregaba a su padre.

–¿Qué es todo esto? –preguntó Ham–. Mis pacientes...

–Todo está solucionado –le aseguró Brady dándole una palmada en la espalda–. Hasta dentro de dos semanas.

–¿Dos semanas? –repitió Ham, completamente asombrado–. ¿Adónde vamos?

–Al otro lado de la frontera sur –dijo Joanie antes de besar a su padre con fuerza–. Cuidado con el agua.

–¿Vamos a México? –quiso saber Loretta. Tenía los ojos muy abiertos–. ¿Vamos a México? Pero si no podemos... La tienda. No tenemos equipaje.

–La tienda está cerrada por vacaciones –repuso Vanessa–, y vuestro equipaje está en el maletero de la limusina –añadió, tras besar a su madre–. Que os lo paséis muy bien.

–¿En el maletero? –repitió Loretta, con una sonrisa–. ¿Mi blusa de seda azul?

–Entre otras cosas.

–Lo habéis organizado entre todos –susurró la novia. A pesar del fotógrafo, comenzó a llorar.

–Es cierto –afirmó Brady. Le dio un fuerte abrazo–. Adiós, mamá.

–Sois unos manipuladores –musitó Ham, sacando el pañuelo–. Bueno, Loretta, creo que vamos a tener luna de miel después de todo.

–Si perdéis el avión no –les recordó Joanie. Empezó a empujarlos en dirección a la limusina–. No os pongáis demasiado al sol. En México es mucho más intenso. Ah, y tenéis que regatear antes de comprar. Podéis cambiar el dinero en el hotel. Tenéis un libro de frases hechas en la maleta y si necesitáis...

–Despídete de ellos, Joanie –le dijo Jack.

–Demonios –susurró ella mientras se frotaba los llorosos ojos–. Adiós. Diles adiós a los abuelos, Lara.

–Oh, Ham, gardenias... –murmuró Loretta. Se echó de nuevo a llorar.

Con vítores y saludos de todos los habitantes del pueblo, la limusina empezó a avanzar tranquilamente por la calle principal de Hyattown, acompañada por el bullicio de las latas y los zapatos que alguien había atado en el parachoques trasero.

–Ya se van –consiguió decir Joanie. Enterró el rostro en el hombro de Jack. Él le acarició suavemente el cabello.

–Tranquila, cielo. Los niños se tienen que marchar de casa tarde o temprano. Vamos. Te traeré un poco de ensalada de patata.

Los dos se alejaron de Brady y Vanessa.

–Menuda despedida –dijo ella. Aún tenía un nudo en la garganta.

–Quiero hablar contigo. Podemos ir a tu casa o a la mía.

–Creo que deberíamos esperar hasta que...

–Ya hemos esperado demasiado.

Presa de pánico, Vanessa miró a su alrededor. ¿Cómo era posible que se hubieran quedado a solas tan rápidamente?

–La fiesta... Tenemos invitados.

–No creo que nadie nos eche de menos –afirmó Brady. Le agarró un brazo y la llevó hacia su coche.

–Doctor Tucker. ¡Doctor Tucker! –exclamó una voz. Brady se dio la vuelta y vio que Annie Crampton se dirigía corriendo hacia ellos–. ¡Venga rápidamente! ¡A mi abuelo le ocurre algo!

Brady echó a correr rápidamente. Cuando Vanessa llegó al jardín trasero, ya estaba arrodillado al lado del anciano aflojándole el cuello de la camisa.

–Tengo un dolor... en el pecho –decía el anciano–... No puedo respirar...

–Te traigo el maletín de papá –anunció Joanie. Rápidamente se lo entregó a Brady–. La ambulancia ya viene de camino.

Brady asintió.

–Tranquilícese, señor Benson –le dijo. Sacó una jeringuilla y un frasco muy pequeño del maletín–. Quiero que permanezca tranquilo –repitió. No dejó de hablarle mientras trabajaba para tranquilizarlo con la voz–. Joanie, tráeme su expediente –añadió en voz baja.

Sin saber qué hacer, Vanessa rodeó los hombros de Annie con un brazo y tiró de ella.

–Vamos Annie.

–¿Se va a morir el abuelo?

–El doctor Tucker se está ocupando de él. Es un buen médico.

–También cuida de mi mamá. Va a ayudar a que nazca el niño y todo eso, pero el abuelo es muy viejo –susurró la pequeña, con lágrimas en los ojos–. Se cayó. Se puso muy raro y se cayó.

–El doctor Tucker ha empezado a atenderlo enseguida –afirmó ella mientras acariciaba el cabello de la pequeña–. Si se tenía que poner enfermo, éste era el mejor lugar para hacerlo. Cuando esté mejor, le podrás tocar tu nueva canción.

–¿La de Madonna?

–Eso es –respondió Vanessa. En aquel momento se oyó la sirena de una ambulancia–. Ya vienen a llevárselo al hospital.

–¿Irá con él el doctor Tucker?

–Estoy segura de ello.

Observó cómo los enfermeros sacaban una camilla.

Brady intercambió unas rápidas palabras con ellos. Vanessa vio que colocaba las manos sobre los hombros de la madre de Annie y hablaba con ella tranquilamente. Mientras la mujer lo observaba con los ojos llenos de lágrimas. Cuando Brady echó a correr detrás de la camilla, Vanessa abrazó con fuerza a Annie.

–¿Por qué no vas con tu madre? Seguro que te necesita –le dijo. Lo sabía muy bien. Recordó el miedo y la desesperación que había sentido cuando se llevaron a su propio padre. Se dio la vuelta y echó a correr detrás de Brady–. Espera –susurró. Sabía que no podía perder el tiempo, pero tenía que saber–. Por favor, mantenme informada de lo que ocurra.

Brady asintió y se montó en la ambulancia con su paciente.

Era casi medianoche cuando Brady llegó a su casa. En el cielo había una luna morisca que destacaba por su blancura sobre un cielo oscuro cuajado de estrellas. Permaneció allí sentado durante un momento, dejando que sus músculos se relajaran uno a uno. Como tenía bajadas las ventanillas del coche, podía escuchar cómo el viento susurraba entre los árboles.

La fatiga de aquel día tan largo había terminado por pasarle factura cuando regresaba a su casa. Afortunadamente, Jack le había llevado el coche al hospital. Sin él, probablemente se habría quedado dormido en la sala de espera. En aquellos momentos, lo único que deseaba era meterse en la bañera repleta de agua caliente, conectar el hidromasaje y tomarse una cerveza fría.

En la planta baja las luces estaban encendidas. Se alegraba de que se le hubiera olvidado apagarlas. Si las luces estaban encendidas, resultaba menos deprimente regresar a una casa vacía. De camino había pasado por delante de la casa de Vanessa, pero ella ya tenía las luces apagadas.

«Probablemente es lo mejor», pensó. Se sentía cansado y tenso. No era la actitud adecuada para una charla sensata y paciente. Tal vez era mejor que Vanessa pudiera pensar un poco a solas sobre el hecho de que él estaba enamorado de ella.

O tal vez no. Antes de abrir la puerta de la casa, dudó. Siempre había sido un hombre muy decidido. Cuando tomó la decisión de hacerse médico, se había dedicado en cuerpo y alma a sus estudios. Cuando decidió dejar el hospital de Nueva York para ir a ejercer a Hyattown la medicina general, lo había hecho sin arrepentirse y sin mirar atrás.

Aquellas decisiones habían cambiado por completo su vida. Entonces, ¿por qué diablos no era capaz de decidir lo que hacer sobre Vanessa?

Iba a regresar al pueblo. Si ella no le abría la puerta, subiría por el desagüe hasta llegar a su dormitorio. De un modo u otro, iban a aclararlo todo aquella misma noche.

Acababa de darse la vuelta para dirigirse a su coche cuando la puerta de su casa se abrió.

–Brady –le dijo Vanessa desde la puerta–. ¿Es que no vas a entrar?

Él se detuvo en seco y la miró fijamente. En aquel momento, Kong salió corriendo de la casa, ladrando, para abalanzarse sobre él.

–Nos trajeron Jack y Joanie –añadió–. Espero que no te importe.

–Claro que no –afirmó Brady. Con el perro saltando a su alrededor, se dirigió hacia la puerta. Vanessa dio un paso atrás.

–He traído algunas sobras del picnic. No sabía si habrías tenido oportunidad de cenar algo.

–No, no he cenado.

–¿Qué tal el señor Benson?

–Estable. Estuvo grave durante un rato, pero es fuerte.

–Me alegro. Me alegro mucho. Annie estaba muy asustada. Debes de estar agotado... y hambriento. Hay mucha comida en el frigorífico. Por cierto, la cocina es preciosa –añadió–. Los armarios, las encimeras... Todo.

–Voy avanzando poco a poco. ¿Cuánto tiempo llevas aquí?

–Sólo un par de horas –mintió. Llevaba cinco–. He estado leyendo algunos de tus libros.

–¿Por qué?

–Bueno, para pasar el tiempo.

–¿Por qué estás aquí, Van?

Muy nerviosa, ella se inclinó para acariciar al perro.

–Por esa conversación inacabada que tú mencionaste. Ha sido un día muy largo y he tenido mucho tiempo para pensar.

–¿Y?

¿Por qué no la tomaba en brazos y se la llevaba al dormitorio?

–Y yo... Sobre lo que dijiste esta tarde...

–Te dije que estoy enamorado de ti.

Vanessa se incorporó aclarándose la garganta al mismo tiempo.

–Sí, sobre eso. Yo no estoy segura de lo que siento... Ni tampoco lo estoy de lo que tú sientes.

–Ya te he explicado cuáles son mis sentimientos hacia ti.

–Sí, pero es muy posible que creas que es eso lo que sientes porque solías... porque estamos cayendo en la misma rutina, en la misma relación de entonces. Te resulta familiar, cómoda...

–Ni hablar. Te aseguro que no he tenido ni un solo momento de comodidad desde que te vi tocando el piano.

–En ese caso familiar –susurró ella, mientras se retorcía la cadena que llevaba colgada del cuello–, pero yo he cambiado, Brady. No soy la misma persona que era entonces, cuando me marché de aquí. No podemos fingir que esos años no han pasado. Por eso, por muy atraídos que nos sintamos el uno por el otro, sería un error ir más allá.

Brady se acercó a ella muy lentamente. Estaba dispuesto a cometer ese error. Más que dispuesto.

–¿Es eso lo que has venido a decirme?

–En parte sí.

–Entonces, ahora me toca a mí.

–Me gustaría terminar primero –dijo Vanessa, sin dejar de mirarlo fijamente a los ojos–. He venido aquí esta noche porque nunca he conseguido sacarte de mis pensamientos... ni de mi... –se interrumpió. Quería decir corazón, pero no podía–... cuerpo. Yo nunca he dejado de apreciarte ni de hacerme preguntas. Algo sobre lo que no teníamos control evitó que maduráramos lo suficiente como para tomar la decisión de separarnos o de ser amantes. He venido aquí esta noche porque me he dado cuenta de que quiero lo que nos arrebataron. Te deseo a ti –concluyó. Se acercó a él y lo estrechó entre sus brazos–. ¿Está claro?

–Sí –susurró Brady. La besó dulcemente–. Muy claro.

Vanessa sonrió.

–Hazme el amor, Brady. Nunca he dejado de desearte...

Con las manos entrelazadas, subieron juntos al dormitorio.

IX

Vanessa ya había estado en el dormitorio mientras esperaba la llegada de Brady, estirando y alisando las sábanas, ahuecando las almohadas y preguntándose cómo sería estar allí con él.

Brady encendió la lámpara de la mesilla de noche, que estaba colocada sobre una caja. El suelo aún estaba sin terminar y las paredes sin rematar. La cama consistía en tan sólo un colchón sobre el suelo. A pesar de todo, a Vanessa le pareció el dormitorio más hermoso que había visto nunca.

Por su parte, a Brady le habría gustado obsequiarle con velas y rosas, una cama con dosel y sábanas de raso. Lo único que podía ofrecerle era a sí mismo.

De repente, se sintió tan nervioso como un muchacho en su primera cita.

–No hay mucho ambiente aquí –dijo.

–Es perfecto.

Brady le tomó las manos y se las llevó a los labios.

–No te haré daño,Van.

–Lo sé –replicó ella. Le besó a él también las manos–. Esto va a parecer una estupidez, pero no sé lo que hacer.

Él bajo la boca, poniéndola a prueba, tentándola...

–Ya aprenderás...

Vanessa esbozó una sonrisa mientras le acariciaba suavemente la espalda.

–Creo que tienes razón –susurró.

Con un instinto que era tan potente como la experiencia, echó la cabeza hacia atrás y dejó que las manos exploraran a placer. Separó los labios para él y saboreó el pequeño gemido de placer que Brady emitió. Entonces, tembló con un gozo propio al notar que las manos de él le acariciaban los pechos, la cintura, las caderas y se deslizaban hacia los muslos antes de emprender de nuevo el viaje de vuelta.

Se apretó contra él, disfrutando plenamente con aquella lluvia de sensaciones. Cuando Brady le mordisqueó suavemente la garganta, murmuró su nombre. Como el viento entre los árboles, suspiró por él y se plegó a sus caricias como si esperara que él la moldeara.

La absoluta confianza que ella le demostró lo dejó completamente atónito. Por muy apasionada que se mostrara, era virgen. Su cuerpo era el de una mujer, pero aún seguía siendo tan inocente como la muchacha que había amado y perdido. No lo olvidaría. Cuando el deseo prendió dentro de él, lo apartó. Aquella vez debía ser ella quien disfrutara. Todo sería para ella.

Con suavidad, lc bajó el corpiño hasta la cintura. La besó, tranquilizándola con murmullos al tiempo que sus manos provocaban en la piel de Vanessa pequeñas explosiones de placer.

Por fin, el vestido cayó al suelo. La ropa interior de Vanessa era una red de encaje blanco que parecía hacerse más tupida justo encima de los pechos antes de hundirse para ceñirle la cintura. Durante un momento, Brady se contentó con mirarla.

–Me dejas sin palabras...

Con torpes manos, Vanessa comenzó a desabrocharle la camisa. Aunque ya tenía la respiración entrecortada, no dejó de mirarlo mientras le quitaba la prenda y dejaba que ésta se uniera con su propio vestido en el suelo. Entonces, con el corazón latiéndole salvajemente, le rodeó el cuello con los brazos.

–Tócame... Muéstrame lo que tengo que hacer...

Aunque la besó con pasión, Brady se obligó a acariciarla con delicadeza. Las manos de Vanessa se movían rápidamente por su piel y lo empujaban desesperadamente al abismo del deseo. Cuando la dejó en la cama, observó que ella cerraba los ojos y que cuando los volvía a abrir, éstos estaban nublados por la lujuria.

Inclinó la cabeza para saborearle todo el cuerpo. Deslizó la lengua por debajo del encaje para torturarle los tensos pezones. Cuando el placer se apoderó por completo de ella, Vanessa sintió un profundo anhelo entre las caderas que la empujó a clavarle las uñas en la espalda.

Con un rápido giro de la muñeca, Brady le desabrochó las ligas. Le deslizó las medias suavemente e hizo que le ardiera la piel, encendiéndola aún más con las caricias que le aplicaba con los labios. Parecía que no pasaba por alto ningún detalle de la piel de Vanessa, ninguna curva. Con suavidad, los dedos jugueteaban encima de ella, por todas partes...

Era tan paciente como insaciable, por lo que la fue acercando cada vez más a un abismo que ella nunca había vislumbrado. Vanessa tenía el cuerpo como un horno que no dejaba nunca de emitir calor y que vibraba con necesidades tan potentes como las de él. Se volvió loco observándola, viendo el modo en el que sentía cada nueva sensación que él le provocaba y que se le reflejaba en los ojos, en el rostro...

Deseo... Pasión... Placer... Excitación... Todas estas sensaciones parecían fluir de él para adentrarse en ella y viceversa. Todo resultaba familiar. Se reconocían perfectamente el uno al otro. Aquello los reconfortaba. Sin embargo, todo era único, nuevo, gloriosamente fresco. Aquélla era precisamente la aventura.

Brady gozó con el modo en el que la piel de Vanessa le fluía entre las manos, en la manera en la que el cuerpo se le tensaba y se arqueaba bajo sus caricias. Por fin, bajo la tenue luz de la lámpara, retiró la barrera que suponía el encaje.

Ya desnuda, Vanessa extendió las manos y le tiró frenéticamente de los pantalones. Como él sabía que sus propias necesidades le estaban volviendo loco, la cubrió con la mano y la empujó hacia el abismo del deseo.

Vanessa gritó, atónita, indefensa... Suavemente dejó que la mano se le cayera del hombro de Brady. Entre los temblores del placer, él se deslizó dentro de ella, lenta, suavemente, murmurando su nombre una y otra vez. El amor requería ternura.

Vanessa perdió su inocencia dulce e indoloramente, plena de gozo.

Estaba tumbada sobre la cama de Brady, enredada entre sus sábanas. Un gorrión anunció la llegada del nuevo día. Durante la noche, el perro se había metido en la habitación para ocupar su lugar a los pies de la cama. Perezosamente, Vanessa abrió los ojos.

El rostro de Brady estaba a poco más de un centímetro del de ella. Estaba profundamente dormido, rodeándole a ella la cintura con el brazo, y una respiración lenta y pausada. En aquellos momentos, se parecía mucho más al muchacho que recordaba que al hombre que estaba empezando a conocer.

Lo amaba. Ya no le quedaba ninguna duda de ello. Su corazón casi podía estallar del amor ingente que sentía. Sin embargo, ¿amaba al muchacho o al hombre?

Con mucha suavidad, le apartó el cabello que le cubría la frente. De lo único de lo que estaba segura era de que era feliz. Por el momento, le bastaba.

Se estiró lentamente. Durante la noche, Brady le había mostrado lo hermoso que hacer el amor podría resultar cuando dos personas se querían y lo excitante que podía llegar a ser cuando se cubrían las necesidades y los deseos. Fuera lo que fuera lo que ocurriera después, al día o al año siguiente, jamás olvidaría lo que habían compartido.

Como no quería despertarlo, le tocó los labios con

los suyos muy suavemente. Incluso aquel breve contacto despertó su deseo. Llena de curiosidad, le acarició suavemente los hombros con el dedo. La necesidad creció y se extendió aún más.

En lo que se refería a los sueños, a Brady le pareció que aquél era uno de los mejores. Estaba debajo de un cálido edredón mientras amanecía. Vanessa estaba en la cama a su lado. Su cuerpo estaba apretado con fuerza contra el de él y se movía suavemente, excitándolo con rapidez. Aquellos hermosos dedos tan llenos de talento le acariciaban la piel. Su hermosa boca jugaba con la de él. Cuando la abrazó, ella suspiró y se arqueó bajo sus manos.

Por donde tocaba, sólo encontraba piel cálida y suave. Ella lo había abrazado y lo tenía atrapado contra su cuerpo. Cuando dijo su nombre una, dos veces, las palabras se deslizaron por fin bajo la cortina de su fantasía. Abrió los ojos y la vio.

No era un sueño. Vanessa sonreía. Sus hermosos ojos verdes vibraban de pasión. Su cuerpo esbelto y suave se curvaba contra el de él.

–Buenos días –murmuró ella–. No estaba segura si tú...

Brady la besó. Los sueños y la realidad se mezclaron en uno cuando se deslizó dentro de ella.

La luz del sol era mucho más fuerte cuando Vanessa se tumbó encima de él, colocando la cabeza sobre su corazón. El cuerpo aún le vibraba de gozo.

–¿Qué decías?

–Mmm... –susurró ella. El esfuerzo que le suponía abrir los ojos era ingente, por lo que los mantuvo cerrados–. ¿Yo?

–¿Que no estabas segura de si yo qué?

–Ah... Que no estaba segura de si tenías alguna cita esta mañana.

Brady siguió acariciándole el cabello.

–Es domingo –le recordó–. La consulta está cerrada, pero tengo que ir al hospital para ver cómo está el señor Benson y un par de pacientes más. ¿Y tú?

–No mucho. Preparar las clases, ahora que tengo diez alumnos.

–¿Diez? –preguntó Brady, muy sorprendido.

–Ayer, durante el picnic, me sometieron a una emboscada –confesó ella, tras abrir los ojos.

–Diez alumnos... ¡Vaya! Menudo compromiso. ¿Significa eso que estás pensando en volver a instalarte aquí?

–Al menos durante el verano. Todavía no he decidido si accederé a hacer una gira de conciertos en el otoño.

–¿Qué te parece si salimos a cenar?

–Pero si todavía no hemos desayunado.

–Me refería a esta noche. Podríamos celebrar nuestro propio picnic con las sobras de ayer. Tú y yo solos.

–Me gustaría...

–Bien. ¿Por qué no empezamos bien el día?

Vanessa soltó una carcajada y le dio un beso en el torso.

–Pensaba que ya lo habíamos empezado bien.

–Lo que quería decir era que tú me podías frotar la espalda –replicó Brady. Con una sonrisa en los labios se incorporó y la sacó de la cama.

Vanessa descubrió que no le importaba estar a solas en la casa. Después de que Brady la dejara allí, se puso unos vaqueros y una camiseta. Quería pasar el día tocando el piano, preparando sus clases, practicando y, si se lo permitía su estado de ánimo, componiendo.

Cuando estaba de gira no había tenido mucho tiempo para componer, pero, en aquellos momentos, tenía todo el verano por delante. Aunque diez horas de su semana estuvieran ocupadas por las clases y otras tantas en prepararlas, tenía tiempo de sobra para disfrutar de lo que más le gustaba. De su primer amor.

«Mi primer amor», repitió, con una sonrisa. No era la composición, sino Brady. Él era su primer amor. Su primer amante, y lo más probable que también el último.

Él la amaba o, al menos, creía que lo hacía. Jamás hubiera empleado aquellas palabras si no hubiera estado seguro de ello. Ella no podía ser menos. Tenía que asegurarse de lo que era mejor para sí misma, para él y para todos antes de poner en peligro su corazón con tan sólo dos palabras.

Cuando se las dijera, Brady no la dejaría escapar nunca más. Por mucho que él hubiera suavizado su carácter a lo largo de los años, por muy responsable que fuera, seguía habiendo en él una gran parte del muchacho salvaje y decidido que había sido. Sabía que aquello pertenecía al pasado, que en el pasado habían cometido errores y, precisamente por eso, no estaba dispuesta a arriesgar el futuro.

No quería pensar en el mañana. Todavía no. Quería tan sólo disfrutar del presente.

El teléfono comenzó a sonar justo cuando se dirigía hacia el cuarto de música. Dudó si contestar o no, pero, cuando sonó por quinta vez, cedió y fue a responder.

–¿Sí?

–Vanessa, ¿eres tú?

–Sí. ¿Frank? –preguntó. Había reconocido la voz del devoto ayudante de su padre.

–Sí, soy yo....

–¿Cómo estás, Frank?

–Bien, bien. ¿Cómo estás tú?

–Yo también estoy bien –respondió–. ¿Cómo va tu nuevo protegido?

–¿Te refieres a Francesco? Es brillante. Muy temperamental, por supuesto. Arroja cosas, pero, después de todo, es un artista. Va a tocar en Cordina.

–¿En la gala a beneficio de la princesa Gabriella? ¿Para ayudar a los niños discapacitados?

–Sí.

–Estoy segura de que lo hará estupendamente.

–Por supuesto. Sin duda. Sin embargo, la princesa... está muy desilusionada de que no vayas a tocar tú. Me ha pedido personalmente que te convenza para que reconsideres tu postura.

–Frank...

–Por supuesto, te alojarías en el palacio. Es un lugar increíble.

–Sí, lo sé, Frank. Todavía no he decidido si voy a volver a actuar.

–Sabes que no lo dices en serio, Vanessa. Con tus dotes...

–Efectivamente, con *mis* dotes –replicó ella, con impaciencia–. Creo que ya va siendo hora de que nos demos todos cuenta de que son mías.

Frank guardó silencio durante un instante.

–Sé que tu padre se mostró a menudo muy insensible sobre tus necesidades personales, pero fue sólo porque era muy consciente de la profundidad de tu talento.

–No tienes que explicarme cómo era mi padre, Frank.

–No, no... Claro que no...

Vanessa lanzó un suspiro. No era justo emplear a Frank Margoni como chivo expiatorio de sus frustraciones, tal y como había hecho siempre su padre.

–Entiendo la situación en la que te encuentras, Frank, pero ya le he enviado mis disculpas, junto con una donación, a la princesa Gabriella.

–Lo sé. Por eso se ha puesto en contacto conmigo. No podía hacerlo contigo directamente. Por supuesto, no soy tu mánager oficialmente, pero la princesa conoce los vínculos que hay entre nosotros y...

–Si decido volver a hacer una gira, Frank, espero que tú te encargues de organizármela.

–Te lo agradezco mucho, Vanessa –comentó Frank, algo más alegre–, y me doy cuenta de que necesitas un poco de tiempo para ti misma. Sé que los últimos años han sido un tormento. Sin embargo, esa gala es muy importante... Y la princesa es muy testaruda.

–Sí, lo sé.

–Sólo sería una actuación –prosiguió Frank, viendo una salida–. Ni siquiera sería un concierto completo. Tendrás carta blanca sobre tu programa. Les gustaría que tocaras dos piezas, pero hasta una sería muy bienvenida. Tu nombre en el programa supondría tanto para esos niños... Es una causa muy noble.

–¿Cuándo es esa gala?

–El mes que viene.

–El mes que viene... Pero si ya estamos prácticamente en el mes que viene, Frank.

–Es el tercer sábado de junio.

–Dentro de tres semanas... Está bien. Lo haré. Por ti y por la princesa Gabriella.

–Vanessa, no sabes lo mucho que te...

–Por favor, no. Sólo será una noche.

–Puedes quedarte en Cordina todo lo que desees.

–Una noche –reiteró ella–. Envíame los detalles a esta dirección y saluda a Su Alteza de mi parte.

–Lo haré, por supuesto. Estará encantada. Todos estarán encantados. Gracias, Vanessa.

Ella colgó el teléfono. Permaneció de pie, en silencio. Era muy extraño, pero no se sentía tensa y estresada al pensar que tenía una actuación tan importante. El teatro de Cordina era exquisito y enorme.

¿Qué ocurriría si volvía a sentir pánico? Lo superaría. Siempre lo había hecho. Tal vez el destino le había hecho recibir aquella llamada, cuando estaba dudando sobre una línea invisible. Seguir hacia delante o permanecer allí.

Tendría que tomar una decisión muy pronto. Sólo esperaba que fuera la adecuada.

Estaba tocando el piano cuando Brady regresó. Él oyó la música desde el exterior, romántica y poco familiar, a través de las ventanas abiertas. Tal era la magia que desprendía aquel momento que una mujer y un niño estaban en la acera, escuchando.

Vanessa le había dejado la puerta abierta. Sólo tenía que empujarla un poco para entrar. Avanzó sigilosamente. Le parecía que estaba caminando sobre notas líquidas.

Vanessa no lo vio. Tenía los ojos medio cerrados y una sonrisa en el rostro. Era como si las imágenes que estaba visualizando en el interior de su cabeza le fluyeran a través de los dedos para apretar las teclas del piano.

La música era lenta, soñadora, enriquecida por una pasión latente. Brady sintió que se le hacía un nudo en la garganta.

Cuando Vanessa terminó, abrió los ojos y lo miró. De algún modo, había sabido que estaría allí cuando sonara la última nota.

–Hola.

Brady avanzó y le tomó las manos.

–Hay tanta magia en estos dedos... Me deja atónito.

–Son sólo manos de pianista. Las tuyas sí que son mágicas. Son capaces de curar.

–Había una mujer en la calle con un niño. Los vi cuando llegué a la casa. Te estaban escuchando y la mujer tenía lágrimas en las mejillas.

–Entonces, no puede haber mayor cumplido. ¿Te ha gustado?

–Mucho. ¿Cómo se llama?

–No lo sé. Es algo en lo que llevo algún tiempo trabajando. Nunca me pareció bien hasta hoy.

–¿Lo has compuesto tú? –preguntó él, atónito–. No sabía que también compusieras música.

–Espero hacerlo más en el futuro. Bueno –dijo Vanessa. Tiró de él para que se sentara a su lado sobre el taburete del piano–. ¿No vas a saludarme con un beso?

–Por supuesto –contestó. La besó muy cálidamente–. ¿Cuánto tiempo llevas componiendo?

–Varios años... cuando he podido conseguir tiempo. Entre viajes, ensayos, prácticas y actuaciones, no ha sido mucho.

–Nunca has grabado ninguna pieza propia.

–En realidad no he terminado nada. Yo... ¿Cómo lo sabes? –preguntó, atónita.

–Tengo todo lo que has grabado, pero háblame de tus composiciones.

–¿Y qué quieres que te diga?

–¿Te gusta?

–Me encanta. Es lo que más me gusta.

–Entonces, ¿por qué no has terminado nada? –quiso saber Brady. No había dejado de juguetear con los dedos de Vanessa.

–Ya te he dicho que no he tenido tiempo. Ir de gira no es sólo tomar champán y caviar, ¿sabes?

–Vamos –dijo Brady, de repente. Sin soltarle las manos, hizo que se pusiera de pie.

–¿Adónde vamos?

–A donde haya un sofá cómodo. De hecho, aquí mismo. Siéntate. Ahora, háblame.

–¿Sobre qué?

–Quería esperar hasta que estuvieras recuperada... No hagas eso –le suplicó Brady, al sentir que ella se tensaba–. Como tu amigo, como médico y como el hombre que te ama, quiero saber lo que provocó tu enfermedad para asegurarme de que nunca vuelve a ocurrir.

–Has dicho que ya me he recuperado...

–Las úlceras pueden reaparecer.

–Yo nunca tuve úlcera.

–Puedes negarlo todo lo que quieras, pero no cambiará los hechos. Quiero que me digas lo que te ha estado pasando todos estos últimos años.

–He estado de gira, actuando... ¿Cómo hemos pasado de hablar de mis composiciones a hacerlo de este tema?

–Porque uno tiene que ver con el otro, Van. A menudo, las úlceras se causan por sentimientos. Frustraciones, iras, resentimientos que están embotellados y que empiezan a supurar porque no se airean.

–Yo no estoy frustrada. Tú, mejor que nadie, deberías saber que yo no me guardo las cosas. Pregunta por ahí, Brady. Mi mal genio es famoso en tres continentes.

–No lo dudo, pero no recuerdo haberte visto nunca discutir con tu padre.

Al oír aquellas palabras, Vanessa quedó en silencio. Aquello era la pura verdad.

–¿Querías componer o querías actuar?

–Es posible hacer las dos cosas. Es simplemente una cuestión de disciplina y de prioridades.

–¿Y cuáles eran tus prioridades?

Vanessa se sintió incómoda. Se rebulló en el asiento.

–Creo que es evidente que actuar.

–Antes me dijiste algo. Me dijiste que lo odiabas.

–¿Que odiaba qué?

–Dímelo tú.

Vanessa se puso de pie y empezó a pasear por la habitación. Se dijo que ya no importaba, pero Brady estaba allí, observándola, esperando. Sus experiencias pasadas le decían que seguiría insistiendo hasta que descubriera lo que estaba buscando.

–Muy bien. Nunca me gustó actuar.

–¿No querías tocar?

–No, lo que no quería era actuar. Necesito tocar igual que necesito respirar, pero... Tengo miedo escénico –confesó por fin–. Es una estupidez, es infantil, pero nunca he podido superarlo.

–No es ni estúpido ni infantil –afirmó Brady. Se puso de pie. Se habría acercado a ella, pero Vanessa dio un paso atrás–. Si odias actuar, ¿por qué seguiste haciéndolo? Por supuesto –añadió, antes de que ella pudiera responder.

–Era muy importante para él... –susurró ella, incapaz de quedarse quieta–. No lo comprendía. Había invertido toda su vida en mi carrera. La idea de que yo no pudiera actuar en público, que me asustara...

–Que te hiciera enfermar.

–Yo nunca he estado enferma. Nunca he cancelado ninguna actuación por motivos de salud.

–No, actuaste a pesar de tu salud. Maldita sea, Van. No tenía derecho.

–Era mi padre. Sé que era un hombre difícil, pero yo le debo mucho.

–¿Consideraste alguna vez realizar terapia?

–No. Mi padre se oponía. No toleraba las debilidades. Supongo que ésa era su propia debilidad –contestó. Cerró los ojos durante un momento–. Tienes que comprenderlo, Brady. Era la clase de hombre que se negaba a creer lo que no era conveniente para él. En lo que a él se refería, mi problema dejó de existir. Nunca pude encontrar el modo de que aceptara o comprendiera mi fobia.

–Me gustaría comprender...

–Cada vez que yo iba al teatro, me decía que aquella vez no ocurriría. Que aquella vez no tendría miedo. Entonces, empezaba a temblar. La piel se me humedecía por el sudor y las náuseas me hacían sentirme mareada. Cuando empezaba a tocar, todo desaparecía, y al terminar el concierto estaba bien. Por eso, siempre me decía que la próxima vez...

–¿Te has parado alguna vez a pensar que tu padre estaba viviendo su vida a través de la tuya?

–Sí –admitió ella–. Mi padre era lo único que me quedaba. El año pasado se puso muy enfermo, pero no me dejó parar para poder cuidarlo. Al final, como se negó a escuchar a los médicos y rechazó los tratamientos, sentía un dolor monstruoso. Tú eres médico.

Supongo que sabes muy bien lo terrible que puede ser el cáncer terminal. Esas últimas semanas en el hospital fueron lo peor. Ya no podía hacer nada por él. Se iba muriendo un poco todos los días. Yo seguí actuando porque él insistió y regresaba al hospital de Ginebra cada vez que tenía oportunidad. No estaba a su lado cuando murió. Estaba en Madrid. Recibí una ovación que duró varios minutos.

–¿Te culpas por eso?

–No, pero lo lamento.

–¿Qué vas a hacer ahora?

–Cuando regresé aquí, estaba cansada. Agotada. Necesitaba tiempo, y sigo necesitándolo, para comprender lo que siento, lo que quiero, lo que deseo hacer –dijo. Se acercó a él y le tocó el rostro suavemente con las manos–. No quería empezar una relación contigo porque sabía que sólo serías una enorme complicación. Y tenía razón –añadió, con una ligera sonrisa–. Cuando me desperté esta mañana en tu cama, me sentí muy feliz. Eso es algo que no deseo perder.

–Te amo, Vanessa –susurró dulcemente Brady, tras agarrarle las muñecas.

–Entonces, déjame resolver mi situación... Y quédate a mi lado –musitó, lanzándose a sus brazos.

Brady le besó el cabello muy suavemente.

–No pienso ir a ninguna parte.

X

–Ése ha sido el último paciente, doctor Tucker.

Distraído, Brady levantó los ojos del expediente que tenía encima de la mesa y miró a su enfermera.

–¿Cómo dices?

–Que era el último paciente –repitió la joven. Ya estaba lista para marcharse–. ¿Quiere que cierre la consulta?

–Sí, gracias. Hasta mañana.

Aquel día de trabajo tan largo estaba por fin a punto de terminar. Era el cuarto día en el que trabajaba más de doce horas en aquella semana. Hyattown no tenía nada que ver con Nueva York, pero, en lo que se refería al horario de trabajo, el puesto en la consulta era tan absorbente como el de un hospital. Junto con los pacientes habituales, las rondas del hospital y el papeleo, un brote de varicela y una epidemia vírica lo habían tenido atado a su estetoscopio durante más de una semana. Como era el único médico del pueblo, había tenido que ocuparse de las citas de la consulta, de las visitas a domicilio y de las rondas.

Se había saltado muchas comidas. Podía sobrevivir con comidas preparadas para el microondas y café durante unos días. Podía sobrevivir durmiendo muy pocas horas, pero no podía pasar sin Vanessa. Casi no la había visto desde el fin de semana de la boda, fin de semana que se habían pasado casi exclusivamente en la cama. Había tenido que cancelar tres citas con ella. Para algunas mujeres, aquello sería razón más que suficiente para terminar con una relación.

Era mejor que supiera de antemano cómo podían llegar a ser las cosas. Estar casada con un médico era estarlo con la inconveniencia. Cenas canceladas, vacaciones pospuestas, sueños interrumpidos...

Cerró el expediente y se frotó los ojos. Decidió que Vanessa iba a casarse con él. Él se encargaría de ello. ... si conseguía tener una hora libre para pedírselo.

Tomó la postal que estaba en una esquina del escritorio. Mostraba una brillante imagen del sol poniéndose sobre el mar, entre palmeras y arena. En el reverso, había unas breves palabras de su padre.

–Espero que te estés divirtiendo, papá –musitó–. Cuando regreses, vas a tener que compensarme.

Se preguntó si a Vanessa le gustaría una luna de miel tropical. México, las Bahamas, Hawai... Calurosos días de asueto. Tórridas y apasionadas noches. «Demasiado deprisa», se recordó. «No se puede tener luna de miel sin boda ni se puede tener boda sin haber convencido antes a la mujer de que no puede vivir sin ti».

Se había prometido que con Vanessa se tomaría las

cosas con calma, que le daría todo el romance que no habían podido tener la primera vez. Largos paseos a la luz de la luna, cenas con champán, trayectos nocturnos en coche y conversaciones íntimas... Sin embargo, la impaciencia había podido con él. Si estuvieran ya casados, podría ir a casa, con ella. Tal vez estaría tocando el piano o leyendo un libro en la cama. En la habitación contigua habría un niño durmiendo, incluso dos...

«Demasiado rápido», se advirtió Brady. Sin embargo, no se había imaginado lo mucho que deseaba todo aquello hasta que no volvió a verla. La mujer que amaba, sus hijos... Mañanas de Navidad y tardes de domingo.

Se recostó en el asiento y cerró los ojos. Se lo imaginaba perfectamente. Sabía que quedaban muchas respuestas y problemas sin resolver. Ya no eran niños que podían vivir de sueños, pero estaba demasiado cansado para ser lógico. Demasiado necesitado para ser sensato.

Vanessa estaba de pie en la puerta, observándolo con una mezcla de sorpresa y asombro. Aquél era Brady, su Brady. En la consulta parecía tan diferente, tan profesional... Ya no era el salvaje adolescente que disfrutaba dando puñetazos al mundo. Era un hombre asentado, responsable, con cientos de personas que dependían de él. Ya se había hecho su sitio.

¿Cuál era el de ella? Brady había tomado sus decisiones y había encontrado su lugar. Ella seguía revoloteando. Sin embargo, siempre regresaba a él.

Con una débil sonrisa en el rostro, entró en la consulta.

–Tiene otra cita, doctor Tucker.

–¿Qué?

Abrió los ojos súbitamente y la miró, como si los sueños se estuvieran mezclando con la realidad. Vanessa estaba al otro lado de su escritorio, observándolo.

–Iba a decir código azul o alerta roja o una de esas cosas que se oyen en televisión, pero no sabía cuál vendría bien –dijo. Dejó una cesta encima de la mesa.

–Me conformo con que me digas «Hola».

–Hola... He estado a punto de no entrar. Cuando llegué a la puerta, tenías un aspecto tan intimidante...

–¿Intimidante?

–Como si fueras un médico de verdad, de los que utilizan agujas y escriben cosas en los informes.

–Sí quieres, me puedo quitar la bata.

–No, en realidad me gusta, mientras me prometas que no vas a sacar una de esas paletas para examinar la garganta. Vi a tu enfermera cuando se marchaba. Me dijo que ya habías terminado por hoy.

–Más o menos –respondió, aunque decidió que el papeleo tendría que esperar–. ¿Qué tienes en la cesta?

–Cena... Dado que no venías a mi casa, decidí venir aquí para ver si podías verme en el horario de tu consulta.

–Es una magnífica coincidencia, pero acabo de tener una cancelación –replicó Brady. Acababa de olvidarse de la fatiga que había sentido hacía unos minutos–. ¿Por qué no se sienta y me dice cuál es el problema?

–Bueno, verá, doctor. Llevo algunos días sintiéndome algo distraída. Se me olvida lo que estoy haciendo cuando todavía no lo he terminado y me sorprendo mirando al vacío.

–Mmm...

–Entonces, siento dolores. Aquí –indicó. Se puso una mano en el corazón.

–Ah.

–Son como palpitaciones y, por las noches, tengo sueños...

–¿De verdad? –preguntó Brady. Se levantó y se sentó sobre el escritorio–. ¿Y qué clase de sueños?

–Son personales –respondió, mostrándose muy tímida.

–Soy médico.

–Eso es lo que usted dice –replicó ella, con una sonrisa–, pero ni siquiera me ha pedido que me quite la ropa.

–Tiene razón –dijo él. Se puso de pie y le tomó la mano–. Venga conmigo.

–¿Adónde?

–Creo que su caso requiere una exploración completa.

–Brady...

–Doctor Brady para usted –le recordó. Encendió las luces de la sala de exploraciones–. Ahora, hábleme de ese dolor.

Vanessa lo miró atentamente.

–Doctor, creo que ha estado bebiéndose un poco del alcohol de dar friegas.

Brady simplemente la agarró por las caderas y la subió encima de la camilla de exploraciones.

–Relájate, cielo. No me llaman doctor Bueno por nada –dijo. Se sacó el oftalmoscopio y dirigió la luz a los ojos de Vanessa–. Sí, son verdes.

–Vaya, es un alivio.

–Ahora, quítate la blusa y comprobaremos qué tal tienes los reflejos.

–Bueno –susurró. Entonces, se pasó la lengua por los labios. Se desabrochó los botones de la blusa. Debajo, llevaba ropa interior de seda azul transparente–. No me voy a tener que poner una de esas cosas de plástico, ¿verdad?

Brady contuvo el aliento al ver que ella se quitaba la blusa.

–Creo que podremos prescindir de ese detalle. Me parece que tienes una salud excelente. De hecho, puedo decir sin reservas que estás estupenda.

–Pero tengo este dolor... –musitó. Agarró una mano a Brady y se la colocó encima de un seno–. En estos momentos, el corazón me late a toda velocidad. ¿Lo siente?

–Sí –dijo él. Suavemente, acarició la seda y la carne–. Creo que es contagioso.

–Tengo la piel muy caliente. Y las piernas se me doblan...

–Sí, creo que es algo contagioso –reiteró él. Con un dedo, le bajó un tirante del sujetador–. Tal vez tengas que pasar cuarentena.

–Con usted, espero...

–Ésa es la idea –replicó Brady mientras le desabrochaba los pantalones.

Cuando ella se quitó las sandalias de una patada, el

otro tirante se le resbaló solo del hombro. Vanessa tenía la voz cada vez más ronca y agitada. Brady le bajó por completo los pantalones. Entonces, cuando empezó a besarle la clavícula suavemente, ella ronroneó:

–¿Puede ayudarme, doctor?

–Voy a hacer todo lo que pueda.

Deslizó la boca sobre la de ella. El ligero suspiro que ella lanzó se mezcló con el de él. De repente, ella cambió el ángulo del beso para poder disfrutar más de su sabor. Fuera cual fuera la enfermedad que tenía, Brady era justamente la medicina que necesitaba.

–Creo que ya me siento mejor –musitó–. Más...

–Van...

Ella abrió los ojos. Mientras le mesaba el cabello con los dedos, sonrió. La luz le brillaba en los ojos, haciendo que Brady se viera atrapado en ellos. Todo lo que había deseado siempre, lo que había necesitado, estaba allí. Sin poder contenerse, lanzó una maldición y volvió a besarla.

Aquella vez no hubo paciencia. Aunque el cambio sorprendió a Vanessa, no la asustó. Brady era su amigo, su amante. Su desesperación y su efervescencia la excitaban, la poseían. Cuando empezaron a reflejarse en ella idénticas emociones, lo abrazó con más fuerza.

Decidió que nadie la podría desear tan apasionadamente. Sin dejar de besarlo, le quitó la bata y le arrancó prácticamente la camiseta casi antes de que la primera prenda cayera al suelo. Deseaba sentir su carne, su calor. Deseaba saborear aquella carne, su suculencia, con sus propios labios.

Hasta entonces, Brady le había demostrado lo tranquilo y dulce que podía ser el amor. Aquella vez, Vanessa ansiaba fuego, oscuridad, locura.

Brady ya había perdido por completo el control. La hizo tumbarse sobre la estrecha camilla y le quitó la ropa interior. En aquellos momentos, no podía tolerar que nada se interpusiera entre ellos. Necesitaba sentir carne contra carne, corazón contra corazón. Deseaba saborear cada centímetro de su piel.

Sin embargo, lo que Vanessa deseaba era tan poderoso como lo que deseaba él. Lo estrechó contra ella y se colocó hábilmente sobre él de modo que sus labios pudieron recorrerle garganta, torso y más allá. Duras y avariciosas, las manos de Brady la acariciaban por todas partes al tiempo que la indagadora boca de Vanessa lo volvía loco.

El sabor de Brady, cálido, oscuro y masculino, hizo que la cabeza le diera vueltas. Su cuerpo firme y musculoso la volvía loca. Como ya estaba húmeda, la piel se le deslizaba con facilidad sobre los dedos. Ella lo tocaba con habilidad, como si fuese el más apasionado concierto.

Temió que el corazón le fuera a explotar por la velocidad a la que le latía. El cuerpo le temblaba. A pesar de las vertiginosas sensaciones, sintió que algo se despertaba en ella. ¿Cómo iba ella a saber que podía dar tanto y recibir más a cambio?

El pulso de Brady le latía bajo las yemas de los dedos. Él murmuraba frenéticamente y tenía la respiración entrecortada. Vanessa vio el eco de su propia pasión reflejado en los ojos de su compañero, la saboreó cuando le besó los labios. Aquella pasión era por ella. Se dejó ahogar en aquel beso...

Brady le agarró las caderas con fuerza. Cada vez que respiraba el aroma de Vanessa lo inundaba por dentro, tan potente como cualquier narcótico. El cabello de ella le tapaba el rostro, bloqueando la luz y obligándolo a mirarla tan sólo a ella. Con cada movimiento, ella lo provocaba un poco más.

–Por el amor de Dios, Van...

Si no la poseía en aquel mismo instante, moriría de necesidad. Como si le hubiera leído el pensamiento, Vanessa se movió un poco, se arqueó y dejó que él se hundiera en ella. Durante un instante, el tiempo pareció detenerse. Brady sólo podía verla a ella, su cuerpo desnudo reluciendo bajo la potente luz de los focos y el rostro brillándole con un poder que ella acababa de descubrir.

Entonces, todo fue velocidad y gemidos mientras Vanessa se movía por los dos.

Aquello era la gloria. Vanessa se entregó por completo. Levantó los brazos y los enterró en su propio cabello. Aquello era una maravilla, una delicia. Ninguna sinfonía la había excitado nunca tanto. Ningún preludio había sido tan apasionado. A medida que las sensaciones se despertaron dentro de ella, suplicó más.

Había libertad en su avaricia, éxtasis en el conocimiento de que podía tomar tanto como deseara. Excitación al comprender que podía darse igual de generosamente.

El corazón le rugía en los oídos. Cuando buscó las manos de Brady, él las entrelazó automáticamente con las suyas. Permanecieron agarrados hasta que alcanzaron juntos el clímax.

Vanessa se deslizó sobre él. La cabeza le daba vueltas y el corazón amenazaba con salírsele del pecho. La piel de Brady estaba tan húmeda como la suya y su cuerpo igual de agotado. Cuando le dio un beso en la garganta, sintió el frenético palpitar de su pulso.

Asombrada, Vanessa se dio cuenta de que ella lo había provocado. Se había hecho con el control y les había dado a ambos placer y pasión. Ni siquiera había tenido que pensar, sino tan sólo sentir, actuar. Se apoyó sobre un codo y le sonrió.

Brady tenía los ojos cerrados y el rostro tan relajado... Vanessa comprendió que estaba a punto de quedarse dormido. Los latidos de su corazón se habían convertido en un mero ronroneo. A pesar de que se sentía satisfecha, Vanessa sintió que la necesidad volvía a florecer.

–Doctor –murmuró.

–Mmm...

–Me siento mucho mejor.

–Bien. Recuerda que tu salud es lo más importante para mí –dijo, tras respirar profundamente.

–Me alegro de saberlo, porque creo que voy a necesitar más tratamientos –susurró ella, mientras le acariciaba suavemente el torso con un dedo–. Sigo teniendo dolor...

–Tómate dos aspirinas y llámame dentro de una hora.

Vanessa se echó a reír. Sólo con escucharla, Brady sintió que la sangre le volvía a hervir.

–Ya sabía yo que eras muy concienzudo –dijo ella. Lenta, seductoramente, le cubrió el rostro de besos–. Dios, sabes tan bien... –añadió, antes de tomarle la boca y hundirse en ella.

–Vanessa –le advirtió él. Cuando sintió que ella bajaba un poco más la mano, notó que su estado de satisfacción se transformaba en algo más urgente. Abrió los ojos y vio que ella estaba sonriendo–. Estás buscándote problemas...

–Sí... ¿Crees que los voy a encontrar?

Brady respondió la pregunta y los satisfizo a los dos.

–Dios santo –dijo Brady, cuando pudo volver a respirar–. Voy a ponerle una medalla a esta camilla.

–Creo que estoy curada –afirmó ella–. Por el momento...

Brady lanzó un ligero gruñido y bajó las piernas de la camilla.

–Espera a que recibas mi factura.

–Estoy deseando –replicó Vanessa. Le entregó los pantalones y empezó a vestirse. No sabía lo que le parecía a Brady, pero ella jamás volvería a mirar las salas de exploración de la misma manera–. Creo que vine a ofrecerte unos bocadillos de jamón.

–¿De jamón? ¿Estás hablando de comida? ¿De carne y pan?

–Y de patatas fritas.

–En ese caso, considera que has pagado por completo tu cuenta.

–Supongo que eso significa que tienes hambre –replicó ella, con una sonrisa.

–No he tomado nada desde el desayuno. Si alguien me ofrece un bocadillo de jamón, sería capaz de besarle los pies.

–Me gusta como suena eso –comentó ella, agitando los dedos de los pies–. Voy por la cesta.

–Espera un momento –le dijo Brady–. Si nos quedamos en esta sala, la enfermera se va a llevar un buen susto cuando abra mañana.

–Muy bien –replicó ella–. ¿Por qué no nos vamos a mi casa? –sugirió mientras le daba la camiseta–. Así podremos comer en la cama.

–Bien pensado.

Una hora más tarde, estaban tumbados sobre la cama de Vanessa. Brady acababa de servir la última gota de una botella de chardonnay. Vanessa había llenado la casa de velas. En aquellos momentos, estaban colocadas a su alrededor en el dormitorio, parpadeando mientras una composición de Chopin sonaba en la radio.

–Ha sido el mejor picnic que he tomado desde que tenía trece años y me colé en una acampada que habían organizado las *scout*.

–Ya había oído hablar de eso –replicó ella–. Siempre fuiste un gamberro.

–Conseguí ver desnuda a Betty Baumgartner. Bueno, casi desnuda. Tenía puesto el sujetador y las braguitas, pero, con trece años, resulta bastante erótico.

–Eras un diablo.

–Fue culpa de mis hormonas –comentó Brady después de tomar un sorbo de vino–. Por suerte para ti, sigo teniendo de sobra, aunque se estén haciendo un poco viejas.

De repente, Vanessa se sintió mimosa y romántica. Se inclinó sobre él para besarlo.

–Te he echado mucho de menos, Brady.

–Yo también. Siento haber estado tan ocupado esta semana.

–Lo comprendo.

–Espero que sí. Esta semana tuve que doblar las horas de consulta.

–Lo sé. Y la varicela. Dos de mis alumnos han caído enfermos. También me he enterado que trajiste un niño al mundo, que sacaste un par de amígdalas, que le cosiste un corte a Jack en el brazo y que entablillaste un dedo roto. Todo eso, además de los estornudos, los dolores y las revisiones diarias.

–¿Cómo lo sabes?

–Tengo mis fuentes. Debes de estar muy cansado.

–Lo estaba antes de verte. De todos modos, las cosas se tranquilizarán un poco cuando vuelva mi padre. ¿Has recibido una postal?

–Sí, hoy mismo. Por lo que dicen, parece que se están divirtiendo mucho.

–Eso espero, porque tengo la intención de ir a ocupar su lugar cuando regresen.

–¿Ocupar su lugar?

–Quiero irme a alguna parte contigo, Van. A donde tú quieras.

–¿Por qué? –preguntó ella. De repente, los nervios se le habían puesto de punta.

–Porque quiero estar a solas contigo, completamente a solas, como nunca hemos tenido oportunidad de estar.

–Ahora estamos a solas –dijo ella. Sentía un nudo en la garganta.

Brady dejó a un lado su copa de vino y luego hizo lo mismo con la de ella.

–Van, quiero que te cases conmigo.

No es que aquellas palabras la hubieran sorprendido. Había esperado que, tarde o temprano, surgiera la palabra «casarse». No sentía miedo, tal y como había esperado, pero sí confusión.

Habían hablado antes del matrimonio, cuando eran muy jóvenes, y casarse les había parecido un hermoso sueño. En aquellos momentos conocía mejor la realidad. Sabía que el matrimonio suponía trabajo, compromiso y un proyecto de futuro compartido.

–Brady, yo...

–No lo había planeado así –le interrumpió él–. Me habría gustado ser más tradicional, tener el anillo y un discurso muy poético. No tengo anillo y lo único que te puedo decir es que te amo. Siempre te he amado y siempre te amaré.

–Brady, me gustaría poder aceptar –susurró. Nada de lo que él pudiera haberle dicho habría sido más poético–. Hasta este momento no me había dado cuenta de lo mucho que me gustaría.

–Entonces, acepta.

–No puedo. Es demasiado pronto –susurró–. No

–añadió antes de que él pudiera explotar–. Sé lo que vas a decir. Nos conocemos desde hace una eternidad, pero, en muchos aspectos, lo cierto es que nos conocimos tan sólo hace dos semanas.

–Yo nunca he amado a otra mujer aparte de a ti. Las demás fueron sólo sustitutas. Tú eras un fantasma que me perseguía por todas partes, que se desvanecía cada vez que trataba de tocarlo.

–Desde que regresé aquí, mi vida está patas arriba –dijo ella–. No creí que volvería a verte y pensé que, aunque te viera, no importaría porque no sentiría nada por ti. Sin embargo, sí que importa y sí que siento algo, lo que sólo hace que todo sea mucho más difícil.

–¿No debería ser más fácil?

–No. Ojalá fuera así. No me puedo casar contigo, Brady, hasta que me mire al espejo y me reconozca.

–No sé de qué diablos estás hablando.

–No, claro que no. Casi ni lo sé yo misma. Lo único que sí sé es que no te puedo dar lo que deseas. Que tal vez nunca podré.

–Estamos muy bien juntos, Van... Maldita sea, lo sabes.

–Sí –susurró ella. Sabía que le estaba haciendo daño y le resultaba completamente insoportable–. Brady, hay demasiadas cosas que yo no comprendo sobre mí misma, demasiadas preguntas para las que no tengo respuesta. No puedo hablar de matrimonio, sobre una vida juntos, hasta que las tenga.

–Mis sentimientos no van a cambiar.

–Espero que no.

–Esta vez no voy a consentir que te alejes de mí,

Van. Si sales corriendo, iré detrás de ti. Si tratas de esconderte, yo te encontraré.

–Haces que tus palabras suenen como una amenaza.

–Lo es.

–No me gustan las amenazas, Brady –le espetó ella–. Deberías recordarlo. No las tolero.

–Y tú deberías recordar que las hago realidad. Tú me perteneces, Vanessa –afirmó, agarrándola por los hombros–. Tarde o temprano, vas a terminar por comprenderlo.

–Primero me pertenezco a mí misma, Brady –replicó Vanessa–, o, al menos, eso es lo que tengo intención de conseguir. Tendrás que metértelo en la cabeza. Entonces, tal vez, pueda haber algo entre nosotros.

–Ya hay algo entre nosotros. No puedes negarlo.

–En ese caso, haz que te baste con lo que tenemos. Estoy aquí, a tu lado, No hay nadie más. Conténtate con eso.

Sin embargo, no era suficiente. Hasta cuando se tumbó sobre ella y le devoró la boca apasionadamente con la suya, Brady supo que no era suficiente.

Por la mañana, cuando Vanessa se despertó, sola, con el aroma de Brady impregnado en unas sábanas que ya se estaban quedando frías, se temió que jamás sería suficiente.

XI

«Muy bien, muy bien», pensó Vanessa, mientras Annie interpretaba una de las canciones de su adorada Madonna. Tenía que admitir que el ritmo era pegadizo. Había tenido que simplificar la canción un poco para que la niña pudiera tocarla, pero se notaba perfectamente de qué canción se trataba y eso era lo que contaba.

Tal vez las mejoras en la técnica de Annie no habían sido radicales, pero existían. Además, en lo que se refería al entusiasmo, Annie Crampton era su estudiante número uno.

Tuvo que admitir que su propia actitud hacia las clases había cambiado. Nunca se habría imaginado que disfrutaría tanto instruyendo a aquellos niños. En lo que se refería a los niños, sus esfuerzos contaban. Tal vez no mucho, pero contaban.

Las clases tenían el beneficio añadido de que la ayudaban a olvidarse de Brady. Al menos, durante una hora o dos todos los días.

–Muy bien, Annie.

–La he tocado entera –dijo la niña, completamente entusiasmada–. Puedo volver a tocarla si quiere.

–Mejor la semana que viene. Quiero que trabajes en la próxima lección de tu libro –dijo Vanessa. Acababa de agarrar el libro cuando oyó que se habría la puerta–. Hola Joanie.

–He oído la música –comentó ésta última, mientras se colocaba a Lara sobre la cadera–. Annie Crampton, ¿eras tú la que tocaba?

–Sí, la canción entera –respondió la niña, con una orgullosa sonrisa en los labios–. La señorita Sexton me ha dicho que lo he hecho muy bien.

–Y es cierto. Estoy muy impresionada, especialmente porque a mí no pudo enseñarme nada más que una canción.

Vanessa colocó una mano sobre la cabeza de la niña.

–La señora Knight no practicaba en casa.

–Yo sí. Mi madre me dice que he aprendido más en tres semanas que en el tiempo que estuve con el otro profesor. Además, es mucho más divertido. Hasta la semana que viene, señorita Sexton.

–Estoy impresionada –reiteró Joanie cuando la niña se hubo marchado.

–Tiene buenas manos –dijo Vanessa, extendiendo las suyas para tomar a Lara–. Hola, tesoro...

–Tal vez le puedas dar clases a ella algún día.

–Tal vez.

–Entonces, aparte de Annie, ¿cómo te va con el resto de las clases? ¿Cuántos alumnos tienes ya?

–Doce, y ése es mi límite, te lo prometo. En general,

van muy bien. He aprendido a mirarles las manos a los niños antes de que se sienten al piano. Todavía no sé con lo que Scott Snooks me manchó el otro día las teclas.

–¿Qué aspecto tenía?

–Verde –comentó, mientras jugueteaba con la pequeña Lara–. Ahora, inspecciono las manos antes de cada clase.

–Si puedes enseñarle a Scott Snooks algo que no sean diabluras y trastadas, puedes hacer milagros.

–Ése es el desafío. Si tienes tiempo, puedo descongelar una lata de limonada.

–La señorita Ama de Casa –comentó Joanie, con una sonrisa–. En realidad no. Sólo tengo un par de minutos. ¿No tienes ahora otra clase?

–Gracias a la varicela no. ¿Qué prisa tienes? –preguntó Vanessa, aún con la niña en brazos, mientras conducía a Joanie al salón.

–Sólo he venido para ver si necesitas algo. Mi padre y Loretta regresan dentro de unas horas y quiero verlos. Mientras tanto, tengo algunos recados que hacer.

–En realidad, me vendrían bien unas partituras. A ver qué te parece esto. Si te escribo los títulos y las traes, yo te cuido de Lara.

–Perdona, ¿he entendido bien?

–Sí. Puedes dejarme a Lara hasta que termines.

–Hasta que termine. ¿Quieres decir que me puedo ir al centro comercial completamente sola?

–Bueno, si prefieres llevártela...

Joanie soltó un grito de felicidad y se levantó para darle un beso a Vanessa y a Lara.

–Lara, cielo, te quiero. Hasta luego.

–Joanie, espera –dijo Vanessa, riendo–. Aún no te he escrito los títulos de las partituras.

–Oh, sí, claro. Supongo que me había emocionado un poco. No he ido de compras sola desde... Ya ni me acuerdo –comentó. De repente, la sonrisa se le borró del rostro–. Soy una madre terrible. Estoy encantada de dejar a mi hija aquí. No, encantada no es la palabra. Emocionada, extasiada, feliz... Soy una madre terrible.

–No. Estás un poco loca, pero eres una madre maravillosa.

–Tienes razón. Sólo ha sido la emoción de ir al centro comercial sin la sillita, la bolsa de los pañales... Todo se me subió a la cabeza. ¿Estás segura de que no te importa?

–Claro que no. Nos lo pasaremos muy bien.

–Por supuesto que sí, pero tal vez deberías colocar todo lo que sea importante un poco alto. Ya ha aprendido a andar.

–Todo irá bien –dijo Vanessa. Dejó a Lara en el suelo y le dio una revista para que la mirara. La niña la rasgó inmediatamente–. ¿Ves?

–De acuerdo. Le di de comer antes de que saliéramos de casa, pero tiene un biberón con zumo de manzana en la bolsa de los pañales. ¿Sabes cambiar pañales?

–He visto cómo se hace. No puede ser muy difícil.

–Bueno, si estás segura de que no tienes nada más que hacer...

–Tengo la tarde completamente libre. Cuando los recién casados lleguen a casa, sólo hay que andar unos metros para ir a verlos.

–Supongo que Brady vendrá también.

–No lo sé.

–Entonces, no ha sido producto de mi imaginación.

–¿El qué?

–Que, desde hace unos días, existe mucha tensión entre vosotros.

–Te estás equivocando, Joanie.

–Tal vez, pero el asunto me interesa. Las veces que he visto a Brady últimamente, se ha mostrado enfadado o distraído. No hace falta que te diga que esperaba que los dos terminarais juntos.

–Me ha pedido que me case con él.

–¿Que...? ¡Vaya! ¡Eso es maravilloso! ¡Fantástico! –exclamó Joanie. Mientras se lanzaba a los brazos de Vanessa, Lara comenzó a golpear la mesa y a gritar–. ¿Ves? Hasta mi hija se alegra.

–Le he dicho que no.

–¿Cómo dices? –preguntó Joanie, atónita aquella vez–. ¿Que le has dicho que no?

–Es demasiado pronto para todo esto –dijo Vanessa. Se había dado la vuelta para no ver la desilusión en el rostro de su amiga–. Regresé hace tan sólo unas semanas y han ocurrido tantas cosas... Mi madre, tu padre... Cuando llegué aquí, ni siquiera sabía cuánto tiempo iba a quedarme. Estoy pensando en hacer una gira la próxima primavera.

–Pero todo eso no significa que no puedas tener tu vida privada. Es decir, si la deseas.

–No sé lo que quiero –admitió. Volvió a mirar a Joanie–. El matrimonio es... Ni siquiera sé lo que significa, así que, ¿cómo voy a considerar casarme con Brady?

–Pero lo amas.

–Sí, creo que sí. No quiero cometer el mismo error que mis padres. Necesito estar segura de que los dos queremos las mismas cosas.

–¿Qué es lo que quieres tú?

–Aún estoy decidiéndolo.

–Pues es mejor que lo decidas rápidamente. Conozco muy bien a mi hermano y no te va a dar mucho tiempo.

–Precisamente es tiempo lo que necesito. Bueno, Joanie –dijo, antes de que su amiga pudiera seguir hablando–, es mejor que te vayas si quieres regresar antes de que lleguen mi madre y tu padre.

–Tienes razón. Voy por la bolsa de los pañales –anunció. Sin embargo, se detuvo en la puerta–. Sé que ya somos hermanastras, pero sigo esperando ser tu cuñada.

Brady sabía que iba a volver a pasarlo mal cuando se dirigió a la casa de Vanessa. Durante la última semana, había tratado de mantener las distancias. Cuando la mujer que uno ama se niega a contraer matrimonio, el ego de un hombre sufre mucho.

Quería creer que ella sólo estaba dando muestras de testarudez y que terminaría cambiando de opinión, pero se temía que el problema era mucho más profundo. Ella había tomado su postura. Brady podría marcharse o aporrearle la puerta. No supondría ninguna diferencia.

Sin embargo, fuera como fuera, tenía que verla.

Llamó al marco de la puerta, pero no obtuvo respuesta. Aquello no le sorprendió, teniendo en cuenta el volumen de los golpes que procedían del interior. Esperanzado, pensó que tal vez estaba enfadada consigo misma por haberle dado la espalda a la felicidad.

Aquella imagen le sirvió de consuelo. Casi empezó a silbar cuando abrió la puerta y entró en la casa. No sabía lo que había estado esperando, pero nunca se había imaginado que vería a su sobrina golpeando cacerolas como loca sobre el suelo mientras Vanessa, cubierta de harina, la observaba encantada. Cuando Lara lo vio, levantó una tapa de acero inoxidable y la dejó caer con gran satisfacción.

–Hola.

Con una rama de apio en la mano, Vanessa se dio la vuelta. Esperaba que el corazón le diera una voltereta al verlo, como le ocurría siempre. Sin embargo, no sonrió. Ni él tampoco.

–Oh. No te había oído entrar.

–No me sorprende –comentó él. Se agachó para tomar a Lara en brazos–. ¿Qué estás haciendo?

–Cuidando de Lara –respondió ella. Se frotó la harina que tenía en la nariz–. Joanie tenía que irse de compras, así que me ofrecí voluntaria a cuidar de Lara durante unas horas.

–Es muy traviesa, ¿verdad?

–Le gusta jugar con las cosas de la cocina –respondió ella.

Brady dejó a la cría en el suelo. Rápidamente, la pequeña se fue a jugar con una pequeña torre de latas de conserva.

–Verás cuando aprenda a arrancarles las etiquetas a las latas –le advirtió él–. ¿Tienes algo de beber?

–Lara tiene un biberón de zumo de manzana.

–No me refería a lo que tenía ella.

–Tengo una lata de limonada en el congelador –dijo Vanessa. Volvió a ponerse a cortar el apio–. Si la quieres, tendrás que preparártela tú mismo. Yo tengo las manos sucias.

–Eso ya lo veo. ¿Qué estás haciendo?

–Un lío. Pensé que, dado que mi madre y Ham van a volver dentro de poco, sería muy agradable tener un guisado o algo así preparado. Joanie ya ha hecho tanto que pensé que yo podía intentarlo –dijo. Asqueada, dejó el cuchillo–. Esto no se me da nada bien. Yo no he preparado la comida en toda mi vida –añadió. Se dio la vuelta justo cuando Brady iba al fregadero para dejar llenar una jarra de agua fría–. Soy una mujer adulta y, si no fuera por el servicio de habitaciones y las comidas preparadas, me moriría de hambre.

–Preparas muy bien los bocadillos de jamón.

–No estoy bromeando, Brady.

Él empezó a remover la limonada con una cuchara de madera.

–Tal vez deberías hacerlo.

–De repente, me puse a pensar en qué pasaría si yo fuera la esposa de un médico –dijo ella, de repente.

Brady se detuvo y la miró fijamente.

–¿Qué has dicho?

–¿Y si él tuviera que regresar a casa después de pasarse el día viendo a enfermos y haciendo rondas en el hospital? ¿Acaso no me gustaría prepararle una buena comida para que pudiéramos charlar mientras cenábamos? ¿No es eso algo que él esperaría?

–¿Por qué no se lo preguntas?

–Maldita sea, Brady. ¿Es que no te das cuenta? No funcionaría.

–De lo único que me doy cuenta es que te está costando preparar... –empezó. Entonces, miró el desorden que había sobre la encimera de la cocina–. ¿Qué se supone que es?

–Guisado de atún.

–Te está costando preparar un guisado de atún. Personalmente, espero que no aprendas nunca.

–No se trata de eso.

Abrumado por la ternura que sintió hacia ella, le limpió parte de la harina que tenía sobre la mejilla.

–¿De qué se trata?

–Tal vez no tenga mucha importancia, tal vez sea una estupidez, pero, si ni siquiera puedo trocear unas verduras, ¿cómo voy a poder realizar las tareas más importantes?

–¿Crees que me quiero casar contigo para poder cenar caliente todas las noches?

–No. ¿Y tú, crees que me puedo casar contigo y sentirme constantemente inepta e inútil?

–¿Porque no sabes lo que hacer con una rama de apio?

–Porque no sé ser una esposa –rugió ella–. Por mucho que te quiera, no sé si quiero serlo. Sólo hay una cosa que se me da bien, Brady. La música.

–Nadie te está pidiendo que la dejes, Vanessa.

–¿Y qué ocurrirá cuando me vaya de gira? ¿Cuando

esté lejos de casa semanas seguidas? ¿Cuando tenga que dedicar horas interminables a ensayos y prácticas? ¿Qué clase de matrimonio tendríamos, Brady, entre mis conciertos?

–No lo sé –admitió Brady. Miró a su sobrina, que, en aquellos momentos, estaba ocupada metiendo las latas en las cacerolas–. No sabía que estabas considerando seriamente volver a dar conciertos.

–Tengo que considerarlo. Han formado parte de mi vida durante demasiado tiempo como para que no sea así –dijo Vanessa, algo más tranquila. Entonces, siguió troceando verduras–. Soy pianista, Brady, igual que tú eres médico. Lo que hago no salva vidas, pero las enriquece.

–Sé que lo que haces es muy importante, Van –le aseguró él–. Te admiro por ello. Lo que no entiendo es por qué tu talento tendría que ser un obstáculo para que estemos juntos.

–Es tan sólo uno de ellos.

Brady la agarró por el brazo y la obligó a interrumpir lo que estaba haciendo.

–Quiero casarme contigo –le dijo, tras hacer que lo mirara–. Quiero tener hijos contigo y que tú construyas un hogar para ellos. Lo podemos conseguir, te lo aseguro. Confía en mí.

–Primero necesito confiar en mí. Me marcho a Cordina la semana que viene.

–¿A Cordina?

–Sí. Para la gala benéfica anual que organiza la princesa Gabriela.

–He oído hablar de esa gala.

–He accedido a dar un concierto.

–Entiendo. ¿Cuándo te comprometiste?

–Hace ya casi dos semanas.

–No me lo habías dicho.

–No, no te lo había dicho. Con todo lo que estaba ocurriendo entre nosotros, no estaba segura de cómo reaccionarías.

–¿Ibas a esperar hasta que tuvieras que marcharte al aeropuerto para decírmelo o te ibas a contentar con mandarme una postal cuando llegaras allí? Maldita sea, Van... ¿A qué has estado jugando conmigo? ¿Lo nuestro ha sido simplemente para matar el tiempo?

–Sabes que no es así.

–Lo único que sé es que te marchas.

–Es un único concierto. Unos pocos días.

–¿Y entonces?

Vanessa se puso a mirar por la ventana.

–No lo sé. Frank, mi mánager, tiene muchas ganas de prepararme una gira. Eso además de una serie de conciertos especiales que me han pedido hacer.

–Además... Viniste aquí con una úlcera porque no soportabas subir a un escenario, porque te habías exigido demasiado con demasiada frecuencia. Y ya estás hablando de volver a hacerlo otra vez.

–Se trata de algo que tengo que decidir por mi misma...

–Tu padre...

–Mi padre está muerto –lo interrumpió ella–. Ya no puede ejercer su influencia sobre mí para obligarme a tocar. Espero que tú no trates de ejercer la tuya para obligarme a no hacerlo. No creo que me exigiera demasiado. Hice lo que tenía que hacer. Lo único que quiero es tener la oportunidad para decir qué quiero hacer con mi vida.

–Has estado pensando en regresar, te has comprometido con Cordina, pero nunca me has hablado a mí al respecto –dijo él, apenado.

–No. Por muy egoísta que pueda parecer, esto es algo que tengo que decidir yo sola. Sé que es injusto por mi parte pedirte que esperes. Por eso no voy a hacerlo. Sin embargo, pase lo que pase, quiero que sepas que las últimas semanas que he pasado contigo han significado mucho para mí.

–Al diablo con eso –replicó Brady. Era casi como decir adiós–. Vete a Cordina, vete donde quieras, pero no me olvides. No te olvides de esto...

La besó con furia y con desesperación. Vanessa no se resistió.

–Brady –susurró, tocándole suavemente el rostro–. Tiene que haber mucho más que esto. Para los dos.

–Claro que hay más –afirmó él–. Y tú lo sabes.

–Hoy me he hecho una promesa a mí misma: voy a tomarme el tiempo necesario para pensar en mi vida, en cada año que he pasado y en cada momento que recuerde como importante. Cuando lo haya hecho, tomaré la decisión correcta. No habrá dudas ni excusas, pero, por el momento, debes dejarme marchar.

–Ya te dejé marchar una vez –le recordó él. Antes de que ella pudiera contestar, Brady volvió a tomar la palabra–. Escúchame. Si te marchas así, no pienso pasar el resto de mi vida deseándote. No permitiré que me rompas el corazón una segunda vez.

En aquel momento, cuando estaban frente a frente, Joanie entró en la cocina.

–Vaya, dos canguros –comentó mientras tomaba en brazos a su hija–. No me puedo creer que haya echado de menos a este monstruo. Siento que me haya llevado tanto tiempo. Había mucha gente en las tiendas. Veo que mi hija ha estado muy ocupada –añadió, al ver las cacerolas y las latas que había sobre el suelo.

–Se ha portado muy bien –consiguió decir Vanessa–. Se ha comido una media caja de galletas.

–Ya me parecía que había engordado un poco. Hola, Brady. ¡Qué coincidencia! Me alegro de verte. Además, mirad a quién me he encontrado en el exterior de la casa –exclamó Joanie. Se hizo a un lado y dejó que Ham y Loretta entraran del brazo–. ¿A que tienen un aspecto magnífico? Están tan bronceados... Sé que los bronceados no son buenos, pero sientan tan bien...

–Bienvenidos –dijo Vanessa, con una sonrisa, aunque no se movió del sitio–. ¿Lo habéis pasado bien?

–Maravillosamente –contestó Loretta mientras colocaba un enorme bolso de paja sobre la mesa. Efectivamente, tenía algo de color en la cara y en los brazos. Además, los ojos le irradiaban felicidad–. Seguramente es el lugar más hermoso de la tierra, con toda esa arena blanca y el agua tan transparente. Hasta fuimos a bucear.

–Yo nunca he visto tantos peces en toda mi vida –comentó Ham, poniendo también otro bolso de paja sobre la mesa.

–¡Ja! –exclamó Loretta–. Lo único que hacía era

mirar las piernas de las mujeres por debajo del agua. Algunas no llevaban casi nada puesto. Ni los hombres –añadió, con una sonrisa–. Yo dejé de mirar al otro lado después de los dos primeros días.

–De las dos primeras horas, más bien –le corrigió Ham.

Loretta se echó a reír y rebuscó en su bolso de paja.

–Mira, Lara –le dijo a la niña–. Te hemos traído una marioneta.

–Entre otra docena de cosas –intervino Ham–. Esperad hasta que veáis las fotos. Yo incluso alquilé una de esas cámaras subacuáticas y tomé muchas fotos de... de los peces, claro.

–Vamos a tardar semanas en deshacer las maletas. Ni siquiera quiero pensarlo –suspiró Loretta. Se sentó a la mesa–. Oh... y las joyas de plata. Supongo que me excedí un poco.

–Mucho, diría yo –añadió Ham guiñándole un ojo a su esposa.

–Quiero que escojáis las piezas que más os gusten –les dijo Loretta a Vanessa y a Joanie–. Cuando las encontremos... Brady, ¿es eso limonada?

–Sí –respondió él. Rápidamente le sirvió un vaso–. Bienvenida a casa.

–Espera a que veas tu sombrero.

–¿Mi sombrero?

–Es plateado y rojo... y mide unos tres metros de diámetro –bromeó Loretta–. No pude evitar que tu padre te lo comprara. Oh... Es tan agradable estar en casa. ¿Qué es todo eso? –preguntó, tras mirar la encimera.

–Era... –susurró Vanessa. Observó el jaleo que había montado–. Yo... pensé que no te apetecería cocinar en la primera noche de vuelta en casa.

–¡Oh, la comida casera! –exclamó Ham mientras movía la marioneta para regocijo de Lara–. No hay nada que me apetezca más.

–En realidad no he...

Joanie miró la encimera y decidió echar una mano a su amiga.

–En realidad, acababa de empezar. ¿Qué te parece si te echo una mano, Vanessa?

Ella dio un paso atrás y se chocó contra Brady. Entonces, se apartó de él rápidamente.

–Regresaré dentro de un minuto.

Salió rápidamente de la cocina y subió las escaleras como si la persiguiera el diablo. Cuando llegó a su dormitorio, se sentó en la cama y se preguntó si se estaba volviendo loca. Seguramente, si algo de tan poca importancia como un guisado de atún era capaz de hacerla llorar...

–Van –susurró Loretta. Estaba observándola desde la puerta–, ¿puedo entrar?

–Iba a bajar enseguida. Es que... –dijo. Trató de ponerse de pie, pero volvió a sentarse–. Lo siento. No quería estropear vuestra vuelta a casa.

–No has estropeado nada –afirmó Loretta. Después de un segundo, entró en la habitación y cerró la puerta. A continuación fue a sentarse sobre la cama, al lado de su hija–. Supe que estabas disgustada en el momento en el que entré. Pensé que era... que era por mí.

–No. No del todo.

–¿Te gustaría hablar de ello?

Vanessa se lo pensó tanto tiempo que Loretta temió que no iba a decirle nada en absoluto.

–Es Brady. No, en realidad soy yo –se corrigió Vanessa–. Quiere que me case con él, pero yo no puedo. Hay tantas razones para no hacerlo y él no quiere comprenderlas. Yo no sé cocinar ni lavar la ropa ni hacer ninguna de las cosas que Joanie realiza sin esfuerzo alguno.

–Joanie es una mujer maravillosa, pero es muy diferente a ti.

–Yo soy la que es diferente. De Joanie, de ti, de todo el mundo.

Temerosa de que Vanessa la rechazara, Loretta comenzó a acariciar el cabello de su hija.

–No saber cocinar ni es algo anormal ni mucho menos un delito.

–Lo sé... Lo que ocurre simplemente es que quería ser autosuficiente y terminé sintiéndome completamente inadecuada.

–Yo no te enseñé a cocinar ni a dirigir una casa, en parte porque estabas tan metida en tu música y no tenías tiempo, pero, principalmente, porque no quise hacerlo. Quería que los trabajos de la casa fueran sólo para mí. La casa era lo único que tenía para realizarme. Sin embargo, me parece que, en realidad, no estamos hablando de coladas y cacerolas, ¿verdad?

–No. Me siento presionada por lo que quiere Brady. El matrimonio me parece una idea encantadora pero...

–Pero tú creciste en un hogar en el que no lo era

–afirmó Loretta–. Resulta extraño lo ciegas que pueden ser las personas. Mientras tú crecías, yo nunca pensé que lo que estaba ocurriendo entre tu padre y yo te afectara a ti, pero claro que te afectaba.

–Era vuestra vida.

–Eran nuestras vidas –le corrigió su madre–. Van, mientras hemos estado de luna de miel, Ham y yo hemos hablado mucho sobre esto. Él quería que te lo explicara todo. Yo no había estado de acuerdo con él hasta este momento.

–Todos están abajo.

–Ya ha habido suficientes excusas –dijo Loretta. Se levantó y se dirigió hacia la ventana–. Yo era muy joven cuando me casé con tu padre. Sólo tenía dieciocho años. Dios, parece que todo ocurrió hace una eternidad. Ciertamente, yo era otra persona. ¡Él me robó el corazón! Entonces, tu padre tenía casi treinta años y acababa de regresar de París, Londres, Nueva York... De un montón de lugares muy interesantes.

–Su carrera había fracasado –comentó Vanessa–. Él nunca quiso hablar al respecto, pero yo lo he leído. Además, había otras personas a las que sí les gustaba hablar de sus fracasos.

–Era un músico brillante. Eso nadie se lo podía negar –susurró Loretta. Se dio la vuelta. Tenía una profunda tristeza reflejada en los ojos–. Como su carrera no alcanzó el potencial que él esperaba, le dio la espalda. Cuando regresó a casa, era un hombre atormentado, variable, impaciente... Yo era una chica muy sencilla. Hasta entonces, mi vida había sido completamente corriente. Tal vez fue eso lo que lo atrajo al principio. Su sofisticación fue lo que me atrajo a mí. Me cegó por completo. Cometimos un error. Fue tanto culpa mía como suya. Yo me sentía abrumada, halagada, hipnotizada... Me quedé embarazada.

–¿De mí? –preguntó Vanessa, atónita–. Entonces, ¿os casasteis por mí?

–Nos casamos porque nos mirábamos el uno al otro y veíamos sólo lo que queríamos ver. Tú fuiste el resultado de eso. Quiero que sepas que fuiste concebida en medio de lo que los dos creíamos desesperadamente que era amor. Tal vez precisamente porque lo creíamos era amor. Ciertamente era afecto, cariño y necesidad.

–Te quedaste embarazada... No te quedó elección.

–Siempre hay elección –afirmó Loretta–. Tú no fuiste ni un error, ni un inconveniente ni una excusa. Eras lo mejor de los dos y ambos lo sabíamos. No hubo peleas ni recriminaciones. Yo estaba encantada de llevar su hijo en el vientre y él estaba igual de feliz. El primer año de casados fue bueno. En muchos sentidos, fue hasta hermoso. Te aseguro que tú fuiste lo mejor que nos ocurrió. La tragedia fue que éramos lo peor que nos podía haber ocurrido mutuamente. Tú no tenías la culpa de eso, pero nosotros sí.

–¿Qué ocurrió a continuación?

–Mis padres murieron y nos mudamos a esta casa. Ésta era la casa en la que yo había crecido y me pertenecía a mí. Yo nunca comprendí lo mucho que a él lo molestaba eso. De hecho, ni siquiera creo que lo comprendiera él. Tú entonces tenías tres años. Tu padre estaba muy inquieto. No le gustaba estar aquí, pero no tenía valor para enfrentarse a la posibilidad del fracaso si trataba de retomar su carrera. Comenzó a darte clases. De la noche a la mañana, pareció que toda la pasión, toda la energía que poseía, iban destinadas a convertirte a ti en la estrella que él no había podido ser –afirmó Loretta. De nuevo, se volvió para mirar por la ventana–. Yo no se lo impedí. Ni lo intenté. Tú parecías feliz tocando el piano. Cuando más prometedora parecías, más se amargaba él, no por ti, sino por la situación y, por supuesto, por mí. A mí me ocurrió lo mismo con él. Tú eras lo único bueno que habíamos hecho juntos, lo único que los dos podíamos amar completamente. Sin embargo, no era suficiente para conseguir que nos amáramos. ¿Me comprendes?

–¿Por qué seguisteis viviendo juntos?

–En realidad no estoy segura. Por costumbre. Por miedo. Tal vez por la esperanza de que, algún día, descubriéramos que sí nos queríamos. Había demasiadas discusiones. Recuerdo lo mucho que te disgustaban a ti. Cuando te convertiste en una adolescente, solías salir corriendo de la casa para escapar de nuestras peleas. Te fallamos, Van. Los dos. Aunque sé que él hizo cosas egoístas e incluso imperdonables, yo te fallé todavía más porque cerré los ojos para no verlas. En vez de tratar de arreglar las cosas, busqué una salida. Y la encontré con otro hombre.

Loretta se armó de valor y se volvió a mirar a su hija.

–No hay excusa –prosiguió–. Tu padre y yo ya no

teníamos relaciones íntimas, casi ni nos hablábamos, pero yo habría podido tener otras alternativas. Había pensado en el divorcio, pero hace falta ser muy valiente y yo era una cobarde. De repente, encontré una persona que era amable conmigo, alguien que me encontraba atractiva y deseable. Como estaba prohibido y estaba mal, resultaba muy excitante.

Vanessa sintió que los ojos se le llenaban de lágrimas. Tenía que conocer lo ocurrido, comprender.

–Estabas muy sola –dijo.

–Eso es cierto –musitó Loretta, muy compungida–, pero no es excusa...

–No quiero excusas. Quiero saber cómo te sentiste.

–Perdida. Vacía. Me sentí como si mi vida hubiera terminado. Quería que alguien volviera a necesitarme, a abrazarme, alguien que me dijera palabras hermosas, aunque fueran mentira... Me equivoqué, igual que nos equivocamos tu padre y yo cuando decidimos casarnos sin pensarlo bien –susurró. Regresó a la cama y tomó la mano de Vanessa–. Quiero que para ti sea diferente. Será diferente. Apartarse de algo que es bueno para uno es tan estúpido como aceptar lo que no nos beneficia.

–¿Cómo se sabe la diferencia?

–La sabrás. A mí me ha llevado casi toda mi vida comprenderlo. Con Ham, lo supe enseguida.

–¿No sería... no sería Ham el que...?

–¿El hombre con el que engañé a tu padre? No, claro que no. Él jamás habría traicionado a Emily. La amaba demasiado. Fue otro hombre. No estuvo mucho tiempo en el pueblo, tan sólo unos pocos meses.

Supongo que, en cierto modo, así fue todo más fácil. Era un desconocido, alguien que no me conocía. Cuando rompí con él, siguió con su vida como si nada.

–¿Por qué rompiste con él?

Loretta sabía que lo que estaba a punto de decir a continuación era lo más difícil.

–Fue la noche de tu baile. Yo había estado en tu habitación contigo. Estabas tan disgustada...

–Hizo que arrestaran a Brady.

–Lo sé –dijo Loretta. Apretó la mano de Vanessa un poco más fuerte–. Te juro que yo no lo sabía. Te dejé a solas porque tú necesitabas la soledad. Yo no hacía más que pensar en lo que le iba a decir a Brady Tucker cuando lo tuviera delante. Seguía muy disgustada cuando tu padre llegó a casa. Estaba lívido, completamente lívido. Fue entonces cuando todo salió a la luz. Estaba furioso porque el sheriff había soltado a Brady cuando Ham fue a la comisaría y protestó muy airadamente. Yo me sentí muy mal. A tu padre nunca le había gustado Brady, yo ya lo sabía, igual que no le habría gustado cualquier otro chico que se interpusiera con los planes que había preparado para ti. Sin embargo, aquello iba más allá de lo que yo hubiera podido imaginar. Los Tucker eran amigos nuestros y cualquiera que tuviera ojos en la cara podía ver que Brady y tú estabais enamorados. Admito que me había preocupado mucho el hecho de que hicierais el amor, pero habíamos hablado al respecto y tú eras una chica sensata. En cualquier caso, tu padre estaba furioso y yo me sentía muy enojada, quemada por su falta de sensibilidad. Perdí el control. Le dije lo que llevaba varias semanas intentando ocultar. Estaba embarazada...

–Embarazada... Dios...

Loretta volvió a ponerse de pie para pasear por la habitación.

–Creí que se iba a enfadar mucho, pero, en vez de eso, se quedó muy tranquilo. Demasiado tranquilo. Me dijo que ya no podíamos permanecer juntos. Iba a pedir el divorcio y se quedaría contigo. Cuanto yo más le gritaba, le suplicaba, lo amenazaba, más tranquilo se ponía. Me dijo que se quedaría contigo porque te cuidaría mejor. Yo era... bueno, era evidente lo que yo era. Ya tenía los billetes para París. Dos billetes. Yo no lo sabía, pero había pensado llevarte con él de cualquier manera. Yo no diría nada ni haría nada que se lo impidiera. Si lo hacía, me amenazó con presentar demanda en un juzgado para reclamar tu custodia que él ganaría de todos modos y en el que se sabría que yo estaba embarazada de otro hombre –musitó. Sin poder evitarlo, empezó a llorar–. Si yo no estaba de acuerdo, esperaría hasta que el bebé naciera y presentaría cargos contra mí por incapacidad como madre. Me juró que haría todo lo posible por llevarse también a ese niño. Yo me quedaría sin nada.

–Pero tú... él no pudo...

–Yo casi no había salido de este pueblo y mucho menos del estado. No sabía lo que él podía hacerme. Lo único que sabía era que iba a perder una hija, tal vez incluso el que venía de camino. Tú te ibas a París, a ver montones de cosas maravillosas, a tocar en lugares fabulosos. Te convertirías en alguien importante –susurró. Con las mejillas empapadas por las lágrimas, se dio la vuelta–. Dios es mi testigo, Vanessa. No sé si accedí porque pensaba que eso era lo que tú querrías o porque tenía miedo.

–Eso ya no importa –afirmó la joven. Se levantó y se acercó a su madre–. Ya no importa...

–Sabía que me odiarías...

–No. No te odio. No puedo odiarte –dijo. Abrazó a su madre y la estrechó con fuerza–. ¿Y ese bebé? ¿Qué hiciste con él?

Loretta sintió que la pena la embargaba de nuevo.

–Tuve un aborto justo cuando estaba a punto de cumplir los tres meses de embarazo. Os perdí a los dos. Nunca tuve todos los hijos con los que había soñado.

–Oh, mamá... –susurró Vanessa, llorando también–. Lo siento mucho. Debió de ser terrible para ti.

–Te aseguro que no pasó ni un solo día sin que pensara en ti. Te eché tanto de menos... Si pudiera enmendar lo que hice...

Vanessa sacudió firmemente la cabeza.

–No. No podemos enmendar el pasado. Tendremos que volver a empezar...

XII

Vanessa estaba en su camerino, rodeada de flores. Casi no las veía. Había esperado que Brady le hubiera enviado uno de los hermosos ramos. Tendría que haberse imaginado que no sería así.

No había ido a despedirla al aeropuerto. No la había llamado para desearle buena suerte ni para decirle que la echaría de menos durante su ausencia. No era su estilo. Nunca lo había sido. Cuando Brady Tucker estaba furioso, no realizaba esfuerzo alguno por ser cortés. Simplemente seguía enfadado.

Admitió que tenía derecho a estarlo. Todo el derecho del mundo.

Después de todo, ella lo había dejado. Se había entregado a él, le había hecho el amor con toda la pasión que una mujer era capaz de reunir. Sin embargo, no había sido sincera y, por eso, lo había perdido todo.

Había tenido miedo de cometer un error que pudiera consumirle la vida. Brady nunca comprendería que tenía miedo de equivocarse tanto por ella misma como por él.

Después de escuchar a su madre, sabía que se podían cometer errores aun con la mejor de las razones. O con la peor. Ya era demasiado tarde para preguntárselo a su padre, para tratar de comprender sus sentimientos, sus razones. Esperaba que no fuera demasiado tarde también para ella.

¿Dónde estaban aquellos adolescentes que habían amado tan fiera y apasionadamente? Brady tenía su vida, su profesión y sus respuestas. Su familia, sus amigos y su casa. Había pasado de ser un muchacho salvaje y travieso para convertirse en un hombre lleno de integridad y propósito.

¿Y ella? Vanessa se miró las manos. Tenía su música. En realidad, era lo único que le pertenecía sólo a ella.

Comprendía perfectamente los fallos de su madre y los errores de su padre. A su modo, los dos la habían amado, pero ese amor no los había convertido en una familia ni había conseguido que los tres fueran felices.

Por eso, mientras Brady estaba echando raíces en la fértil tierra del pueblo donde habían nacido los dos, ella estaba a solas en un camerino repleto de flores, esperando que llegara el momento de subir al escenario.

Cuando alguien llamó a la puerta, vio que su imagen del espejo sonreía. El concierto no tardaría en empezar.

–*Entrez*.

–Vanessa –dijo la princesa Gabriella, bellísima con un vestido azul, cuando entró en el camerino.

–Alteza.

Antes de que Vanessa pudiera levantarse para hacerle una reverencia, Gabriella le indicó que permaneciera sentada con gesto muy amistoso.

–Por favor, no te levantes. Espero no molestarte.

–Claro que no. ¿Le apetece una copa de vino?

–Sólo si tú también vas a tomarla –respondió la princesa mientras tomaba asiento–. Hoy ha sido un día muy ajetreado. No he tenido oportunidad de verte para asegurarme de que estás cómoda.

–Nadie podría sentirse incómodo en palacio, Alteza.

–Gabriella, por favor –dijo la princesa, aceptando la copa que Vanessa le ofrecía–. Estamos solas. Quería volver a darte las gracias por haber accedido a tocar esta noche. Es muy importante.

–Siempre es un placer tocar en Cordina –respondió ella. Las luces del camerino hacían brillar las cuentas que Vanessa llevaba en el vestido blanco–. Es un honor que se haya acordado de mí.

Gabriella soltó una carcajada antes de tomar un sorbo de vino.

–En realidad, te disgustó bastante que te molestara mientras estabas de vacaciones. No te culpo, pero por mi causa he aprendido a ser grosera... e implacable.

Vanessa sonrió al escuchar las palabras de la princesa.

–Entonces, me siento honrada y enojada. No obstante, espero que la gala de esta noche sea un rotundo éxito.

–Lo será. ¿Conoces a Eve, mi cuñada?

–Sí. He coincidido con Su Alteza en varias ocasiones.

–Es norteamericana y, por consiguiente, muy obstinada. Es una gran ayuda para mí.

–¿Es su marido también de los Estados Unidos?

Los ojos de Gabriella se iluminaron.

–Sí. Reeve también es muy obstinado. Este año hemos implicado bastante a nuestros hijos, así que la organización de la gala ha sido más circo de lo que acostumbra. Mi hermano Alexander ha estado fuera de Cordina durante unas semanas, pero regresó a tiempo para ayudarnos.

–Es usted implacable con su familia, Gabriella.

–Lo mejor es ser implacable con los que se ama. Por cierto, Hannah te presenta sus disculpas por no haber venido a saludarte antes del concierto. Bennett no la deja en paz.

–Creo que su hermano pequeño tiene derecho a no dejar en paz a su esposa cuando ésta está a punto de dar a luz.

–Le interesas mucho a Hannah, Vanessa... –comentó la princesa con una sonrisa–, dado que tu nombre estuvo vinculado al de Bennett antes de que él se casara.

«Igual que la mitad de la población femenina del mundo libre», pensó Vanessa, pero guardó silencio.

–Su Alteza era el más encantador de los acompañantes.

–Era un canalla.

–Domado por la encantadora lady Hannah.

–No creo que esté domado. Más bien contenido –comentó la princesa, tras dejar su copa sobre una mesa–. Sentí mucho cuando tu mánager me dijo que no pasarías más que un día en Cordina. Ha pasado tanto tiempo desde la última vez que viniste a visitarnos...

–No hay lugar en el que me sienta más bienvenida. Recuerdo la última vez que estuve aquí. Pasé un día maravilloso en su casa de campo, con su familia.

–Nos encantaría volver a recibirte, siempre que tu agenda te lo permita. ¿Te encuentras bien?

–Sí, gracias. Estoy muy bien.

–Estás preciosa, Vanessa, tal vez aún más porque tienes una profunda tristeza en la mirada. Yo comprendo muy bien ese sentimiento. Me lo vi en el espejo una vez, no hace demasiados años. Son los hombres los que lo provocan. Es una de sus mejores dotes. ¿Puedo ayudarte?

–No lo sé –admitió Vanessa mientras miraba los hermosos ojos de la princesa–. Gabriella, ¿le puedo hacer una pregunta? ¿Qué es lo más importante de su vida?

–Mi familia.

–Sí. Fue una historia muy romántica cómo conoció y se enamoró de su esposo.

–Se va haciendo cada vez más romántica y menos traumática.

–Es un ex policía norteamericano, ¿verdad?

–Sí.

–Si hubiera tenido que ceder sus derechos, abandonar su posición, para poder casarse con él, ¿lo habría hecho?

–Sí, pero con gran pesar. ¿Acaso te ha pedido ese hombre que dejes algo que forma parte innata de ti?

–No. No me ha pedido que deje nada y, sin embargo, lo quiere todo.

–Ésa es otra de las habilidades de los hombres –comentó Gabriella con una sonrisa.

–He aprendido detalles sobre mí misma, sobre mi vida y mi familia que resultan muy difíciles de aceptar. No estoy segura de que, si le doy a ese hombre lo que quiere, no le esté engañando a él y a mí misma.

Gabriella guardó silencio durante un instante.

–Ya conoces mi historia, Vanessa. Después de que me secuestraran y de que perdiera la memoria, miré el rostro de mi padre y no lo reconocí. Al mirar los ojos de mis hermanos, vi los de unos desconocidos. Sin embargo, tuve que encontrarme a mí misma, descubrirme en lo más básico. Resulta aterrador y frustrante. Yo no soy una persona tranquila ni paciente.

–He oído rumores –dijo Vanessa, con una sonrisa.

Gabriella soltó una carcajada. Volvió a tomar la copa de vino y dio un sorbo.

–Cuando por fin me reconocí, cuando miré al fin a mi familia y supe quiénes eran, aunque de un modo diferente... No resulta fácil de explicar, pero, cuando los conocí de nuevo, cuando volví a amarlos, fue con un corazón diferente. Las faltas que tenían, los errores que habían cometido, el hecho de que me hubieran hecho daño en el pasado o yo a ellos ya no importó. Nada importaba.

–Está usted diciendo que olvidó el pasado.

–No. No olvidé el pasado. Eso es imposible, pero lo vi a través de unos ojos diferentes. No me resultó tan difícil enamorarme después de haber vuelto a nacer.

–Su marido es un hombre afortunado.

–Sí, yo misma se lo recuerdo muy a menudo. Bueno, es mejor que me marche para que te puedas preparar para el concierto.

–Gracias.

Gabriella se detuvo en la puerta.

–Tal vez cuando vuelva a ir a los Estados Unidos me invites a pasar un día en tu casa.

–Será para mí el mayor de los placeres.

–Así, podré conocer a ese hombre.

–Sí, creo que sí.

Cuando la puerta se cerró, volvió a tomar asiento. Muy lentamente, giró la cabeza hasta que volvió a ver su imagen en el espejo. Vio los mismos ojos oscuros, la boca cuidadosamente maquillada, la cabellera oscura, su pálida piel y sus delicados rasgos. Vio una pianista. Y una mujer.

–Vanessa Sexton –murmuró. Entonces, esbozó una ligera sonrisa.

De repente, supo por qué estaba allí y por qué iba a salir a aquel escenario. Y por qué, cuando hubiera terminado, iba a regresar a casa.

A su casa.

Hacía demasiado calor para que un hombre de treinta años estuviera jugando al baloncesto bajo un sol de justicia. Los chicos no tenían ya clases por las vacaciones de verano, por lo que tenía el parque para él solo. Aparentemente, los adolescentes tenían más sentido común que un médico enamorado.

A pesar de la altísima temperatura, Brady había decidido que sudar sobre la cancha de baloncesto era mucho mejor que estar solo en casa, pensando.

¿Por qué diablos se había tomado el día libre? Necesitaba su trabajo. Necesitaba llenar su tiempo libre. Necesitaba a Vanessa.

A ella iba a tener que olvidarla. Había visto fotografías suyas. Habían salido en la televisión y en los periódicos. Todos los habitantes del pueblo llevaban dos días hablando de aquel maldito concierto. Ojalá no la hubiera visto con aquel hermoso y reluciente vestido blanco, con el cabello cayéndole en cascada por la espalda y sus hermosos dedos volando sobre las teclas, acariciándolas, haciendo que entonaran notas casi imposibles. Había interpretado su música, la misma composición que había estado tocando aquel día, cuando Brady entró en su casa para descubrir que ella lo estaba esperando.

Por fin había terminado su sinfonía... Igual que había terminado con él.

Lanzó una nueva canasta.

¿Cómo podía esperar que una mujer como ella quisiera regresar a un pueblo como aquél, con el novio de su adolescencia? Le aplaudían los miembros de la realeza. Iba de palacio en palacio tocando sus composiciones. Lo único que él podía ofrecerle era una casa en medio del bosque, un perro maleducado y de vez en cuando un pastel en vez de sus honorarios.

«Es una pena», pensó mientras lanzaba con furia la pelota contra el tablero. Nadie la amaría tanto como él, tal y como lo había hecho toda la vida. Si volvía a estar cerca de ella, se aseguraría de que lo supiera.

–Calla –le espetó a Kong, cuando el animal comenzó a ladrar alegremente.

Estaba sin aliento. No se encontraba en forma. Lanzó otra vez la pelota. Una vez más, ésta rebotó sobre el aro y salió despedida.

Se dio la vuelta, agarró el rebote... y se quedó atónito por lo que vio.

Allí estaba Vanessa, vestida con unos minúsculos pantalones cortos y una blusa que le tapaba sólo hasta debajo de los senos. Tenía una botella de refresco de uva en la mano y una descarada sonrisa en el rostro.

Brady se secó el sudor de la frente. El calor, su estado de ánimo y el hecho de que no hubiera dormido desde hacía dos días podría ser más que suficiente para provocarle una alucinación. Sin embargo, no era así.

–Hola, Brady –dijo ella. A pesar de lo nerviosa que se sentía, controló para que sonara tranquila y algo descarada–. Parece que tienes mucho calor –añadió. Sin apartar los ojos de él, le dio un largo trago a la botella, se pasó la lengua por el labio superior y le ofreció lo que le quedaba–. ¿Quieres un trago?

Brady pensó que tenía que estar volviéndose loco. Ya no tenía dieciocho años, pero podía olerla. Sentía la pelota entre las manos y el sudor cayéndole por la espalda. Mientras la observaba, ella se inclinó para acariciar al perro. Sin incorporarse, le lanzó una maravillosa sonrisa.

–Bonito perro.

–¿Qué diablos estás haciendo?

–Daba un paseo –contestó ella. Se incorporó y se volvió a llevar la botella a los labios. Cuando estuvo vacía, la arrojó a una papelera cercana–. Creo que tienes que trabajar más tu gancho. ¿Es que no vas a agarrarme?

–No –repuso él. Si lo hacía, tendría que besarla.

–Oh –susurró Vanessa. Sintió que toda la seguridad en sí misma que había acumulado durante el vuelo y el interminable trayecto en coche la abandonaba–. ¿Significa eso que no me deseas?

–Maldita seas, Vanessa...

Ella se dio la vuelta tratando de contener las lágrimas. No era el momento de llorar ni de mostrarse orgullosa. Evidentemente, el guiño que acababa de hacer al pasado había sido una equivocación.

–Tienes todo el derecho del mundo a estar enfadado conmigo.

–¿Enfadado? –replicó él. Arrojó la pelota. Encantado, el perro salió tras ella–. Esa palabra ni siquiera sirve para empezar a describir lo que siento. ¿A qué estás jugando?

–No se trata de un juego –replicó ella. Se volvió con los ojos llenos de lágrimas–. Nunca ha sido un juego. Te amo, Brady...

–Te ha costado mucho tiempo decírmelo.

–Me ha costado lo que me tenía que costar. Siento haberte hecho daño. Si decides que quieres hablar conmigo, estaré en casa.

–No te atrevas a marcharte otra vez. No lo vuelvas a hacer nunca.

–No quiero discutir contigo.

–Pues es una pena. Regresas aquí, me recuerdas el pasado y esperas que yo me deje llevar como si nada, que deje a un lado lo que quiero y que, entonces, vuelva a ver cómo te marchas una y otra vez, sin ninguna promesa, sin futuro. No voy a aceptarlo, Vanessa. Es todo o nada y esto empieza a aplicarse desde ahora mismo.

–Escúchame.

–No pienso hacerlo...

La agarró con fuerza. El beso fue tórrido y apasionado. Hubo tanto dolor como placer. Vanessa se resistió. Se sentía molesta porque él hubiera utilizado la fuerza. Los músculos de Brady parecían de hierro. La fuerza que desarrolló fue mucho más potente que la que había visto en ningún otro hombre. La necesidad que palpitaba dentro de él mucho más furiosa.

Cuando por fin consiguió apartarse, estaba sin aliento. Le habría pegado si no hubiera visto la tristeza que se reflejaba en los ojos de Brady.

–Vete, Van. Déjame en paz...

–Brady...

–He dicho que te vayas –le ordenó. La violencia aún seguía reflejándosele en los ojos–. Ya ves que no he cambiado tanto.

–Ni yo –replicó ella–. Si has terminado de comportarte como el macho idiota, quiero que me escuches.

–Bien. Yo me voy a la sombra.

Se dio la vuelta y agarró una toalla que tenía sobre la cancha. Mientras se dirigía a la hierba, comenzó a secarse el rostro. Vanessa lo siguió inmediatamente.

–Eres tan imposible como siempre.

Después de dedicarle una insolente mirada, se sentó

a la sombra de un roble. Para distraer al perro, tomó un palo cercano y se lo arrojó.

–¿Y?

–Y por eso me pregunto cómo diablos me enamoré de ti. Dos veces –dijo ella. Respiró profundamente al ver que aquello no iba a ser tan fácil como había pensado–. Siento no haber podido explicarme adecuadamente antes de marcharme.

–Te explicaste muy bien. No deseas convertirte en una esposa.

–Creo que más bien dije que no sabía ser una –replicó ella, apretando los dientes–, y que tampoco sabía si deseaba serlo. El ejemplo más cercano que tenía era el de mi madre y ella había sido muy infeliz cuando estuvo casada. Me sentía inadecuada e insegura.

–Por culpa de un guisado de atún.

–No, no por culpa de un guisado de atún, sino porque no sabía si podía ser esposa y mujer, madre y pianista a la vez. No había encontrado mi propia definición de cada uno de esos términos. En realidad, no había tenido oportunidad de ser ninguno de ellos.

–Ya eras mujer y pianista.

–Era la hija de mi padre. Antes de regresar aquí, nunca había sido ninguna otra cosa –afirmó ella. Se dejó caer al lado de Brady–. Tocaba cuando me lo pedían, Brady. Tocaba la música que él quería, cuando él lo deseaba. Sentía lo que él quería que yo sintiera. No puedo culpar a mi padre por eso. Ciertamente no deseo hacerlo, y mucho menos ahora. Tenías razón cuando me dijiste que yo nunca había discutido con él. Fue culpa mía. Si lo hubiera hecho, las cosas podrían haber cambiado. Ahora ya nunca lo sabré...

–Van...

–No, por favor, déjame acabar. Me he pasado mucho tiempo tratando de comprender lo ocurrido. El hecho de regresar aquí fue lo primero que hice por decisión propia en doce años e incluso entonces no regresé porque así lo deseara. Tenía muchos asuntos por terminar aquí. No se suponía que tú serías una parte de todo eso, pero lo eres, y eso me confundió aún más. Te deseaba tanto... Aun cuando estaba enfadada, cuando sufría, te deseaba. Tal vez aquello era parte del problema. Cerca de ti, no podía pensar con claridad. Supongo que nunca he podido hacerlo. Comprendí que todo se había escapado fuera de mi control muy rápidamente cuando me hablaste de matrimonio, que no era suficiente con desear. Con tomar lo que quería...

–No sólo estabas tomando lo que querías...

–Espero que no. No quería hacerte daño. Nunca lo quise. Tal vez, en cierto modo, me esforcé demasiado por no herirte. Sabía que tú te disgustarías cuando supieras que me iba a Cordina a actuar en un concierto.

–Yo nunca te pediría que dejaras tu música ni tu carrera, Van.

–Lo sé, pero temía que yo decidiera dejarlo todo sólo por agradarte –dijo ella. Se levantó para colocarse bajo el sol. Él la siguió–. Si lo hubiera hecho, yo no sería nada. Nada, Brady.

–Adoro lo que eres, Van –susurró él. La tomó suavemente por el hombro–. El resto son sólo detalles.

–No. Hasta que no volví a marcharme no empecé a ver de lo que me estaba alejando y adónde me dirigía. Toda mi vida había hecho lo que me habían dicho. Se tomaban las decisiones en mi nombre. Yo nunca podía decidir nada. Aquella vez, fui yo la que decidí. Elegí ir a Cordina. Elegí actuar. Cuando estaba preparada para salir al escenario, esperé que el miedo se apoderara de mí. Esperé que se me encogiera el estómago y que empezara a sudar. No ocurrió nada –musitó ella. Tenía lágrimas en los ojos–. Me sentía estupendamente. Estupendamente. Quería salir al escenario y colocarme bajo los focos. Quería tocar y que me escucharan miles de personas. Yo lo deseaba. Eso lo cambió todo.

–Me alegro mucho por ti –afirmó él. Le acarició suavemente los brazos y dio un paso atrás–. De verdad. Estaba preocupado.

–Fue glorioso. Comprendí que nunca había tocado mejor. Tenía tal... libertad. Sé que podría regresar a todos los escenarios, a todas las salas de concierto y tocar así de nuevo. Lo sé –repitió. Miraba muy fijamente a los ojos de Brady.

–Me alegro mucho por ti –reiteró él–. No me gustaba pensar que estabas tocando sometida al estrés. Nunca habría permitido que volvieras a caer enferma, Van, pero hablaba en serio cuando te dije que no te estaba pidiendo que dejaras tu carrera.

–Me alegro de escuchar eso.

–Maldita sea, Van. Quiero saber que regresarás conmigo. Sé que una casa en los bosques no puede compararse con París o Londres, pero deseo que me digas que regresarás al final de tus giras. Que cuando estés aquí, tendremos una vida y una familia juntos. Quiero que me pidas que te acompañe siempre que me sea posible.

–Te lo prometería, pero...

–Esta vez no hay peros... –repuso él. La ira había vuelto a despertarse.

–Pero... –repitió Vanessa, con ojos desafiantes–... no voy a volver a ir de gira.

–Acabas de decir...

–Acabo de decir que podría regresar y lo haré. De vez en cuando, si algún acontecimiento en particular me atrae y puedo encajarlo con comodidad con el resto de mi vida. Deseo saber que puedo actuar cuando quiera y cuando me apetezca. Eso es muy importante para mí –le aseguró–. De hecho, no es sólo importante, Brady. Es como si, de repente, me hubiera dado cuenta de que soy una persona real, la persona que no he tenido la oportunidad de ser desde que cumplí los dieciséis años. Antes de subir al escenario de Cordina esta última vez, me miré al espejo y supe quién era. Me gustó la persona que yo era. Por eso, en vez de sentir miedo cuando salí bajo los focos, sólo hubo gozo.

–Pero has regresado...

–Yo he decidido regresar –susurró ella. Le tomó la mano y le apretó suavemente los dedos–. Necesitaba regresar. Habrá otros conciertos, Brady, pero deseo componer, grabar mis composiciones y sinfonías y, por mucho que me sorprenda este hecho, deseo dar clases. Aquí puedo hacer todas esas cosas, especialmente si alguien estuviera dispuesto a añadir un estudio de grabación a la casa que está construyendo.

Brady cerró los ojos y se llevó la mano de Vanessa a los labios.

–Estaré encantado de hacerlo.

–Además, deseo también volver a conocer a mi madre... y aprender a cocinar, aunque no tan bien que tú dependas de mis platos –afirmó. Brady abrió los ojos y la miró–. He decidido regresar aquí para estar contigo. Lo único que no he elegido ha sido amarte –añadió, con una sonrisa. Le enmarcó el rostro entre las manos–. Eso simplemente ocurrió, pero puedo vivir con ello. Y puedes estar seguro de que te amo, Brady, mucho más que ayer.

Vanessa lo besó dulcemente. Comprendió que, efectivamente, lo amaba más que ayer. Su amor era más rico, más profundo, aunque con toda la energía y la esperanza de la adolescencia.

–Pídemelo otra vez –susurró–. Por favor...

–¿Que te pida qué? –preguntó él. Le costaba separarse de ella, aunque sólo fuera para poder mirarla a los ojos.

–Maldito seas, Brady.

Los labios de él comenzaron a esbozar una sonrisa.

–Hace unos pocos minutos, estaba furioso contigo.

–Lo sé –suspiró Vanessa, llena de satisfacción.

–Te amo, Van...

–Yo también te amo a ti. Ahora, pídemelo.

–Esta vez, me gustaría hacerlo bien, pero no tengo música ni luces tenues...

–Nos pondremos a la sombra y yo canturrearé una canción.

–¡Vaya! Veo que estás deseando –comentó Brady, riendo. Entonces, volvió a besarla–. Sigo sin tener anillo.

–Eso sí lo tienes –replicó Vanessa. Había ido a buscarlo completamente preparada. Se metió la mano en el bolsillo y sacó un anillo de oro con una pequeña esmeralda. Observó cómo cambiaba el rostro de Brady cuando lo reconoció.

–Lo has tenido guardado –murmuró. La miró a los ojos y, de repente, sintió que todo lo que estaba sintiendo en aquellos momentos doblaba de repente su intensidad.

–Siempre –dijo ella. Se lo colocó en la palma de la mano–. Funcionó en el pasado. ¿Por qué no vuelves a intentarlo?

Le temblaba la mano como nunca le había temblado. La miró y vio que en los ojos de Vanessa se reflejaba la promesa de unos sentimientos que duraban ya más de una década y que, a la vez, eran completamente nuevos.

–¿Quieres casarte conmigo, Van?

–Sí –respondió ella riendo y conteniendo las lágrimas al mismo tiempo–. Claro que sí.

Brady le colocó el anillo en el dedo. Aún le servía.